U0123065

大海之眼
Mata nu Wawa

夏曼・藍波安——著

目錄

（導讀）

黑暗中高舉的蘆葦火炬

——試讀《大海之眼》

陳敬介

自夏曼・藍波安出版《八代灣的神話》（一九九二）及《冷海情深》（一九九七）以來，便一直是他的忠實讀者與朋友，一九九九年我撰寫了第一篇關於原住民文學的評論，便是受到《冷海情深》一書的啟發與感動。最初的感動是他為何選擇回歸祖島蘭嶼，選擇原初的生活方式，當時的我，認為他這個選擇的最大價值是「凸顯了一個生命可以在忠於自我、實踐自我的前提下，選擇其獨立而堅定的生存方式，拋棄了俗定的生命價值及生活方式制約的勇氣；這樣獨立而崇高的生命實踐，遠勝於龐大而虛懸的抗爭與口號。文化的存在與壯大，憑藉的不是施捨式的保護措施，而是堅定且源源不絕的實踐生命。」現在回想起來，當時在情感上的激動是真實的，但最後也只不過成為書桌前的浪漫想像文字。我感佩他的勇氣，但實際上我做不到與俗定生命價值與生活方式制約的抗爭，而且是窮盡其一生。

夏曼・藍波安的大伯說過一段話：「在陸地上，人們往往都放大了汪洋上安全的密度指數，濃縮降低駭浪的險惡，因為那個海他們不曾摸過。」相同的，大部分的讀者不了解達悟族的文化，不了解夏曼・藍波安筆下的野性海洋，不了解夏曼或調侃或憤怒或憂鬱的國族霸凌與宗教殖民主題，以不了解為開端總是充滿想像的，不了解不是錯誤，以開放的心態不預設立場的閱讀，或許你獲得的不僅僅是愉悦，而是更多真實的感動。

《大海之眼》便是這樣的一本奇書，不專寫他的海洋經驗，而是從驅逐惡靈的儀式開始，以孩童齊格瓦的視角，引領讀者進入大海之眼的世界。進而述說他兩次消失在人間的奇特經驗，以及在此經驗中默示的單桅帆船航海的影像，如同浮光掠影，卻深植其「八識田中」，成為其一念最初之本心的象徵。緊接著，他要從一九七三年到台東就讀台東中學說起，直到他一九七六年高中畢業，卻毅然放棄保送國立台灣師大音樂系與高師大英文系的機會，使他充滿海洋因子的生命，開始了在台灣西部「流亡」四年，打工賺補習費，直至一九八〇年以一般生「正常」考上淡江大學法文系的血淚史。

對一九八〇年後出生的讀者而言，對於他筆下七〇年代的台灣是有些陌生的，試以本書相關的大學錄取率而言，一九七六年二七．六三％，一九七七年二八．九四％，一九七八年二八．三〇％，一九七九年二九．二五％，一九八〇年二九．二五％，不到三成的錄取率與現在的大學生滿街跑，近乎百分之百錄取的情形，簡直是天壤之別。不了解不是問題，請嘗試著理解。即使以「打工」二字，意義也大不相同。一九七〇年代的台灣沒有便利商店，沒有連鎖茶飲店，沒有太多的餐廳與加油站的工可打，沒有合法的勞健保，沒有「原住民」這個相對中性的詞彙，只有山地人、番仔，以及專屬達悟族「鍋蓋」的歧視字眼，還有在漢人主體社會普遍瀰漫生根的輕視心態。

在這艱困的七年中，他痛苦的讀漢人的書，寄宿在上帝代理人管理的宿舍，甚至曾被規畫著當神父！十六歲的第一個寒假，即深入屬於中央山脈知本區域的五十六林班，在閩南人承包商的剝削下度過了七天的苦難折磨，領取區區五百六十元的工資。最令人感到驚嚇的是，他們居然是坐著懸空式的溜索連同著木頭，越過三座山頭才平安抵達卸木站。然而他說：「這兒的山，是台灣東部中央山脈的深山，有著比我們島嶼山林更陰沉、更險峻，讓登山人迷向的山魂，讓人眷愛不捨的清澈野溪，我們的父祖不曾踏查過的山神野林。」山林無罪，可惡的是人心的貪婪與狹隘。

放棄了被保送的康莊大道，在一般人的正常思維是笨蛋，夏曼在往後的搬運工悲慘歲月中，也時常懊悔、自怨自艾的說自己是笨蛋，第四章〈失落在逐夢的歲月裡〉，從七月天的高雄火車站寫起，那是一九七六年的盛夏，他黝黑的皮膚不畏懼陽光，卻畏懼台灣人的目光——比黑色還黑的目光。他在車站即預視了達悟族人未來生存的幸福指數，是在潮水低位。如同他這個來自東部外島蘭嶼的達悟人，可以擁有的「大好前程，瞬間轉換，背棄了光明前程，從黑暗開始，從恐懼開始，從哭泣開始。」那是比低水位還低的爛泥。

他短暫的在中和鐵工廠幾個月的工作之後，跟隨堂叔洛馬比克，開始了他在西部縱貫線上隨著貨卡車移動，搬運肥料、滾燙的水泥、裝箱的黑松汽水的苦力歲月。睡在豬圈雞舍般的屋內或是貨車內晃盪的空瓶上，這樣的移動與晃盪不屬於海洋，沒有熟悉的族語慰藉，沒有關愛的天空的眼睛，只有深埋的神話與夢支撐著。當苦力，存錢，一九七七年好不容易到南陽街補習班補習，卻因沒有理財觀念的基因迫使他再度投入苦力；聯考當天，車經民雄高中，畢業整整一年的夏曼．藍波安，坐在貨車的空瓶上，而不是在考場的座位上，他流淚了，憤恨的說，以自己的實力考上大學的夢想是一坨糞便……

一九七八年二月，再度來到補習班，但租賃的小屋卻被他的幻想占領，無法靜靜讀書，「準備考試幾乎比潛水抓魚困難一萬倍，比搬水泥痛苦一千倍」，夏曼・藍波安坦承他的失敗，二十一歲的他，回到他父母親人的懷抱，回到他靈魂可以安頓的島嶼，他短暫的遺忘屬於台灣的苦澀，解脫了被歧視的悶氣，他應該放棄考大學了吧？他應該沉迷在海洋的多彩吧？他那充滿海洋因子的血液，不適合在城市的陸地流動吧？

然而他再度回到台灣台北，那個對他而言充滿國族霸凌、集體歧視的世界；弔詭的是，彼時，這個世界中的閩南人其實也被少數的高級外省人霸凌與歧視著，大多數的外省人盤據在黨、軍、公、教界，閩南客家則是農、工、商界為多，原住民呢？戰後的世代，透過保送加分進入大專院校，畢業後謀得好職業，被視為翻身、賺錢的最佳途徑，同化論的國族認同教育政策，迫使原住民背離自己的族群文化，在漢人的社會喪失自己族群的名字、語言，不管是哪一個族群，被統一貶稱為番仔、山地人。唯一無法抹去的是外在的膚色，以及一張嘴就露餡的口音。

然而他還是再度回到台灣台北，重複咀嚼煎熬的滋味，因為自己頑固的尊嚴而拒絕成為師大生，只能蜷居於永康街的小房間品嘗自己苦澀的眼淚，跑到新公園躲避補習班蒸便當的香味，與貧窮和自卑一起蹲踞在水池邊欣羨飽食的鯉魚；即使有優雅愛戀的曉青幫忙複習功課，但夏曼・藍波安還是落榜了。憂鬱成了他的面膜，考試的雙手這次要搬運鋼筋、緊綁鋼筋，為了省錢，他住在一個建築工地的地下室，一方面繼續補習練習考試。

值得注意的是，曉青那沒有歧視的愛與平等的眼神，安撫了他的內心，一句「你怎麼變成這副模樣！」讓他回想起兩次消失在人間時產生的幻覺。事實上，曉青看到的是他一九七九年落榜後做苦力的悲慘模樣，而不是在補習班苦讀的學生樣，因此產生極大的落差與訝異；然而夏曼・藍波安回想起的卻是，他乘坐一艘單桅的帆船航海的幻覺，這個單純而美好的「幻覺」對他而言，可說是一種召喚與覺醒。兩次的消失，一次在自家涼台下的角落，堆疊的五爪貝形成了一道柴屋火房的外牆；另一次是在軍方灘頭的簡易茅草屋崗哨，玩得太累的齊格瓦（夏曼・藍波安的未為人父前的名字），披著軍用綠色外套睡著了。而一九七九年落榜後做苦力的他，在幾位蘭嶼同學不知道的工地地下室苦讀，其實也是另一種消失，在懊悔與迷失之路走得太累的他，進入「第三次消失」，單桅帆船的航海心像讓他專注與安頓，這次的消失不再需要被尋獲，夏曼・藍波安自主的，走回家屋、走向灘頭。屬於海洋民族的他終究要出海，在無垠海洋上尋找到屬於自己的航道。

就夏曼・藍波安而言，神話不只是故事，更是其生活與信仰的內在核心；而這兩次神祕的消失經驗與幻象，「消失」與「被尋獲」：一個是隱藏，另一個是開啟，兩者矛盾衝突，卻飽含生命力，充滿暗喻與辯證的意義，終而成為他生命中重要的特殊元素與惱人的質地。如同夏曼放棄了師大體系保送生的身分（另一種隱藏），卻選擇了靠己身的勞力與智力，考取淡江法文系成為真正的「大學生」（另一種尋獲）。他厭惡漢人的學校教育與知識體系，尤其是國小國中階段的教育方式，但卻也開啟了他前往大島（台灣）的夢想。他堅持達悟海洋民族的身分，卻不得不使用漢語書寫：對漢人歧視對待的控訴與憤怒，以及自身海洋古典文學的實踐，而此「古典」，便是達悟族的傳統。

夏曼・藍波安在本書的開頭如此吟誦：

終究美好有時候存在，有時候遠走
我總是如此的反覆思索
但是我總是從懊悔起步
沒有一次不是如此的
彷佛懊悔就像雲影雨聲
繫在我初始被啟蒙的心魂
去追尋懊悔之後的海洋

夏本・藍波安是很會說故事的人，他在他的獨子夏曼・藍波安要前往大島讀書時，在從部落到碼頭的路上，說了好多好多的故事；夏曼・藍波安也是，他將生命中無盡追尋的故事，說給海洋族群的子子孫孫聽，說給認同海洋，想了解海洋的異族讀者聽。這是他以漢語直譯的達悟文學，然而語言本身實在無法「準確」翻譯，因為族群語言與自然環境、信仰、歷史、價值觀有著深刻的連結。在漢族語言、文化、價值觀與達悟族深刻差異如海溝的情形下，他嘗試連結甚至跨越，又堅持其本質上的差異。這又是另一個不得不的兩難。

海洋的心魂曾經在台灣西部的城市與道路迷失困頓，曾經愛過、悔恨過，面對過無數的歧視與欺騙，也獲得許多的鼓勵與關懷，四十年過去了，睜開益發澄澈的大海之眼，重新回顧與觀照，曾經跌宕起伏的波峰與波谷，已是一片波光無垠。

而他的故事，也將成為另一個座標，如同Tao人之島上，那座高約二十公尺的巨岩，這塊巨岩曾被漢人以輕蔑的有色眼光命名為玉女岩，而達悟族人或稱此為Ji-mavonot，蘆葦束之意，因為從外海看向這塊岩石，如同矗立於海岸的一束蘆葦火把，我想，就以這塊蘭嶼奇岩為這篇文字，下一個最後的註腳吧！

即使只是蘆葦火炬，
也不臣服於夜色的包圍。
倔強的星火，
在暗黑中如此微弱，
卻又如此明亮。

（本文作者為靜宜大學中文系副教授）

（自序）

尋找生產尊嚴的島嶼

——我在現場

「哇！真的厲害。」我們一群當時的蘭嶼國中的男同學在現場，目睹「這一幕」，我們共同發出的驚嘆號。

從一九六七年到一九七三年，我們認識了356「登陸艇」（軍艦）。356真的是勇猛的鐵殼船，它讓我們大開眼界。它的到來，我們的島嶼變成「國家」的土地、我們民族變成山地山胞，我念大學的身分後來變成邊疆民族。它的到來，帶來了漢族歷史上對少數民族不滅的暴力，阻斷我們海洋民族的對他者的友善。

《大海浮夢》（二〇一四，聯經）、《大海之眼》（二〇一八，印刻），都是我在蘭嶼國校、國中時期，就已經在腦海裡幻想可以實現的願望。這個想像，就是356，「我在現場」給我視覺上的震撼，透過視覺的想像，轉換孕育成我個人的「夢之旅」。本書的序文，不是要探索356登陸艇帶給蘭嶼島整體性的劇烈變化，而是從世界殖民史的角度，理解一個殖民者的國家武力，透過其自我圓謊的行政網絡的「哲學」，合理化了國家暴力的圖章，以及更多的「歧視政策」，國際化的正義。少數民族的正義，蕩然無存，是阻礙國家多數人（侵犯弱者）的正義發展，諸如土地、語言，因為我們在現場，可以初步理解。世界殺戮的歷史、正義永遠是邪惡集團的「聖經」，血淋淋的雙刃寶劍，何來轉型？

我想說的是，356每一次在我部落灘頭登陸，每一次都會讓我浮現「消失在人世間兩次」時所見到「單桅帆船」的幻影幻象，彷彿是我自己命格的預兆，為什麼？為什麼會實現呢！

我不知道我蘭嶼達悟籍的同學，或者是你（妳）是否曾經有過這個「困擾」？蘭嶼國小辦公室裡的世界地圖，太平洋（大洋洲）是被切一半的，我看不見完整的太平洋，我要問的是，「太平洋」為什麼會被漢人學校切一半，關於這一點，一直很讓我難過，從我十歲開始，真的一直很難過，極為困擾我。直到我人類學研究所畢業，去了南太平洋的庫克群島國，在拉洛東加島（Rarotonga）（從紐西蘭的奧克蘭機場向東飛五小時）的小書店，買了一張屬於大洋洲的世界地圖，赫然看見了以太平洋為中心的完整版的世界地圖。

對我而言，才遇見了「太平洋的尊嚴」。我心魂真的才回到喜悅，才解開太平洋被切割的疑惑、痛苦，是漢人不喜歡太平洋嗎？還是因為台灣、中國大陸在太平洋的邊緣，才把太平洋切一半嗎？這是答案嗎？我不知道。當我打開了那張世界地圖，我高興得哭了，我問自己，我為何如此在意太平洋被切割呢？那時我已經四十八歲了，難過了三十八年，原來我屬於這群人，這群島嶼，這汪洋一片的海世界，海洋民族。我也才頓悟，在蘭嶼國校念書時，老師極力嚇阻我們去游泳的理由，就是那群被放逐在蘭嶼的漢族老師，他們恨死了海洋，「鄉愁、鄉仇」。

對於居住在太平洋上的任何一個島嶼，大航海時代，殖民者的降臨，無論是麥哲倫[1]在一五二一年來到了關島（Gua Ham），揭開了藍色水世界的謎語，或者是，一次、二次大戰之後，所有的島嶼開始被洗牌，包括語言加入殖民者之語彙，所謂的與原始環境共生的「尊嚴的活著」的文明，瞬間轉化為殖民者飯後叼根雪茄的「笑

1 費南多・德・麥哲倫（葡萄牙語：Fernão de Magalhães；西班牙語：Fernando de Magallanes, 1480-1521），葡萄牙探險家，為西班牙政府效力探險。一五一九至一五二一年率領船隊首次環航地球，死於與菲律賓當地部族的衝突中。雖然他沒有親自環球，但他船上餘下的水手卻在他死後繼續向西航行，回到歐洲。

話」，運用356「刪除民族記憶的圖騰」。

西方來的神父來到我們島嶼後，他的「上帝」解構了我們的「天神」疼愛環境的潔淨儀式，說祭祖儀式是上帝不允許的活動，我於是開始質疑所有外來者來我們島嶼的目的——來歧視我們的，我也失去了童年知性記憶的美麗，不可能再複製的環境潔淨（驅除惡靈）的儀式，外來宗教、殖民國帶來愈多「東西」，包括政策（全球的少數民族），帶給許多許多弱勢民族內部的分裂離子愈複雜，部落民就愈不幸福。在所有我走過的少數民族的領土及海洋民族的島嶼上，都獲得一模一樣的答案。這是不需爭辯的事實。

我在現場。「興隆雜貨店」也因國家的「行政轉型正義」登陸到我居住的部落，搶地開店，不僅來了許多比我頭髮多的雜貨，也帶來了詭譎的空氣氛圍。胖胖的、十分肉感的閩南女人，化解了中國國民黨黨員與中國共產黨黨員在她店裡飲酒解鄉愁，為了自己的「黨」爭辯到動干戈的剎那間，她以女性的「雙峰」瞬間融化大陸來的「雙黨」深深深的鄉愁，再次讓他們坐下來暢談中國人民歷史的偉大。我在現場，當下無法理解雙峰的「解藥」在哪，但我開始預感356以及「興隆雜貨店」將帶來遮蔽陽光的烏雲，模糊了我們民族的視覺判斷，但也啟發了我，讓我立志靠自己考高中、大學。

高中時，我寄宿在天主教在台東培育偏遠學子念大學的「培質院」，高二升高三的輔導課期間，神父跟我說：

「我要訓練你成為蘭嶼島上的第一位『神父』。」

我聽了差一秒就暈過去，於是哽咽地回答：

「我要當漁夫，不要當神父。」

「沒出息。」神父怒道。

許多「文明人」喜歡以她（他）們的核心認知當弱勢者的「馴化者」，無論他們說當飛行官、當律師、當醫師、當牧師、當老師等等，我的心魂絕對是拒絕的，後面這四個「師」，在我個人的認知皆歸類為騙人的職業。漫漫之路，不長也不短，當我大學畢業，回到蘭嶼定居，寫了一本《冷海情深》給神父，神父當下題字寫道：

「返璞歸真。」又說：「神父看不懂你寫的書。」原來神父也看不懂海洋，我說在心裡。他把書退還給我，歧視我的眼神依然銳利。

二〇〇五年一月，我在南太平洋庫克國的首都拉洛東加島的市集與我的房東閒逛，那兒有個開放式的搭篷舞台，給不同宗教信仰的牧師、神父傳誦西方上帝的教義。我看見的結論是：西方白人牧師或神父，並不因為當地人的改信，當了神父，當了牧師，即使是穿著共同的宗教袈衣，白人眼裡高高在上的傲慢依然滲透著很深很深的種族歧視。我信仰多元的神，但我更厭惡歧視眼神背後的傲慢，畢竟那絕對不是上帝的旨意。

我不是在緬懷逝去的童年，緬懷在台東中學，青少年的美好滋味，也不是在抱怨在台灣西部、北部的苦力生涯，而是在喜悅自己迸出的血汗生涯，許多的際遇，許多的故事，是自己感受，自己承受，也自己感動。

當下，我書房隔壁住著帶我去嘉義做苦力的，帶我進入水世界獵魚的堂叔，老海人洛馬比克，他深夜每一次自己灌醉自己的生活模式，我看在眼裡，叔叔生活的循環模式，我跟他的數字距離約莫是二十餘公尺，然而他幾乎每一次對著米酒瓶，用力大聲嘶喊叫道：

「你把我灌醉、你把我灌醉……你最壞，你最毒。」事實上，是他自己灌醉了自己，每一次臭罵米酒瓶，每一次的深夜，每一次深夜都讓我哭笑不得，然而，這句話，卻讓我身為作家有更深的人生感悟，這樣的人，你在台灣、南北美洲、格陵蘭任何一個原住民族的部落都有，我都遇上了。我是作家，我喜歡探索「尊嚴還活著的人」，實寫真情探索者，努力中。

我在現場。興隆雜貨店，那位十分有肉感加性感的老闆娘，一九七一年，洛馬比克每一次幫她搬運台灣來的貨輪上的雜貨，老闆娘都給他啤酒喝，每一次他都拒絕。一九八四年，他從台灣回蘭嶼定居，開運送核能廢料的聯結車，開始喝一箱又一箱的B魯（啤酒），到現在喝一杯二十CC的米酒就醉了的他，「你把我灌醉、你把我灌醉……」，我不敢尋找「那個」答案。那是我們集體性的長篇小說。

他每一次心情好，在午後，腋下便夾著會自動變調的吉他，自彈自唱，唱著他四十年前，拿吉他教我們唱的歌「海～鷗～飛～翔，潮起、潮落……」。我自己終究又被他逼著笑了，但他不曾知道我笑了，因為他是一個人的世界，不是世界裡的一個人，他的黃金歲月被遺忘了，被遺忘得非常乾淨，但我忘不了他，幾年後，我或許會親自埋葬他的肉體，但我不會土葬他給我的傳統性的海洋知識。

當我一個人站在格陵蘭努克市某個大賣場的角落，觀察幾位依奴依特人兜售簡陋的二手三手貨，他們相互傳送一個杯子，從一千CC裡的保溫杯倒進一個鋼杯，那是黑咖啡。每一次每一個人接過鋼杯，雙手掌首先是揉一揉鋼杯，因為鋼杯有溫度，可以溫暖他們乾澀的手掌，也溫暖他們的心肺。我靜靜地觀察他們的表情，那個景致際遇，在台灣的冬季，你也可以在阿里山、新竹五峰鄉、宜蘭大同鄉，任何一個山裡的部落，可以發現圍著火爐的一群人，在火舌上摩擦手掌來保暖，我們不知道，他們討論的世界是什麼？但是，我很肯定的說，他們的世界距離冰川浮冰、高山地表的感情最近，尊嚴的活著是我們這群人的「聖經」。

我在現場，我淺淺的微笑了，終於把太平洋的完整容顏，懸掛在我獨立的書房，告訴我的航海家族之魂：「我們的世界完整了」，我是世界島嶼作家，海洋民族的海洋文學家。

完稿於蘭嶼島
二〇一八年八月十七日

驅除魔鬼的靈魂

那是個我記憶裡的美麗年代
也是我的記憶正在彩繪
剛開始認識的世界

有時在心中的中心
有時在中心的邊緣
終究美好有時候存在，有時候遠走
我總是如此的反覆思索
但是我總是從懊悔起步
沒有一次不是如此的
彷彿懊悔就像雲影雨聲
繫在我初始啟蒙的心魂
去追尋懊悔之後的陽光

在我進入華語學校的前一年，也是我民族年曆飢餓季節的開始，也稱之等待飛魚來臨的季節（Amyan[1]）。這季節裡的首月稱之Kapituwan[2]，而，這個月的第一夜過後的清晨就是我們的Pazos日（祭拜祖靈日），在海邊的灘頭祭祖儀式舉行之後，也就是我們民族的鬼月了，達悟年曆邁入寒冷的冬季。這一年我的腦海記憶開始築夢，也開始望海幻想神遊旅行，成了沉默的神經子，我遠眺冬季灰色的海洋，說給自己聽：我願是那片海洋的魚鱗。

那一天的清早，我們部落前方遙遠的海平線拉開了天宇的白色門簾，微光像是宇宙的畫筆，讓我部落面海的東方、北邊、西邊的山頭浮現其凹凸不變的形貌；傳說中，我部落左方，即東邊的山頂有個突出lalitan[3]的地方，那些lalitan翻譯成華語就是

1 Amyan，達悟語原意是「有」的意思，從達悟民族海洋生態循環的概念解釋，意義就是「期待，等待」。

2 達悟的年曆稱七月，也是達悟民族的「鬼月」，冬季的開始。

3 lalitan是一種我們島上非常堅硬的、表面非常光滑的石頭，是我們族人冶金、冶銀的工具。冶金工藝的優與劣，如差一級，我們的說法是，差一個lalitan的核仁，我的工藝差你遠的意思。

火山岩漿。火山岩漿噴流了九年，讓島嶼四周的岩漿蘊成幾處奇岩亂石，後來有一位性情暴躁的魔鬼Si Vawuyou（西伐巫右），祂承受不住經年累月的火山岩漿炙熱的高溫，就命令小小魔鬼從遠方高處噴尿，企圖澆熄火山口岩漿，小小鬼噴尿噴了九年，火山口才被熄滅。之後火山口成了Tataw，就是惡靈在陸地小島上的海洋，西伐巫右把池潭比喻成海洋，後來就在這個陸地山頂的池潭天天游泳，練習泳技，憋氣潛泳，祂希望有一天可以走下去環抱小島的大海游泳。祂自學游泳到了九年[4]的時候，認為在惡靈的海洋游泳已經無法滿足祂，終於下到真的大海，祂一到海裡游，發現海裡有許多許多魚類，很自在的、很自由的過生活，沒有領袖，也沒有階級，完全是自由而平等的世界，祂非常喜歡，說就是喜歡過自由自主的生活。祂在海池裡游到第九年的這一天，天神請求祂治理祂的魔鬼部落，說那些小小魔鬼沒有了首領，已經不聽話了，開始騷擾島上的活人，讓活人夜夜不得安寧。然而，祂已經不願意回陸地當魔頭，水世界裡絢麗的珊瑚礁奇景勝過島嶼陸地的林木花草，於是央求天神：祢就讓我管理海洋生物、魚類吧，求祢把我變成伐巫右，管理水世界裡的魚類社會。天神思索了祂的請求，認為可行，於是天神把祂變成Vawuyou[5]，成了海神。

這個傳說故事，就是發生在這一天。天神託夢給活人石系的一位耆老，說：你們要在這一天去海邊灘頭，帶食物祭拜你們的海神、你們的善神，以及孤魂野鬼。當你們從海邊回到部落的時候，在你們家屋的屋頂也擺上相同的祭品，那些供品就是給你們剛逝去的祖父母。等到夕陽快下海的時候，你們就要穿戴驅魔武裝，帶著長矛，驅除回到你們活人部落拿食物的魔鬼，你們必須驅趕祂們回陰間，天上的仙女看到你們在驅魔，祂就會開門讓孤魂野鬼進入祂們的陰間世界，你們即可安心工作，過真人的生活。這就是Pazos，驅除魔鬼的由來[6]。我是這樣聽我的祖父說的。

這一天父親在我們不到八坪大的茅草屋忙裡忙外的腳步聲喚醒了我。我身上披著一件綠色的很溫暖的外套，這一件外套也是我的被子、我出門禦寒的大衣，大衣可以包住我全身，但我並不知道外套是來自於美軍，或者是台灣軍人。父親看我了一眼，我於是從屋廊的木板上起身，把營養不好的身子靠在木板牆，右手揉揉眼睛，看著屋

---

4 九，是達悟傳統極限的數字，獵捕掠食性的大魚，最多只可捕九尾，在海裡必須留一尾，讓其繁殖，生生不息，「適可而止」為達悟人的價值觀，多了將受天神處罰，給予飢餓。

5 Vawuyou（伐巫右）是浮游掠食大魚群裡，達悟民族魚知識裡，最高級的魚類，華語學名稱之黑鮪魚。

6 迄今達悟民族依然繼續地保有祭拜祖靈的節日。

外稀疏的，似是蜘蛛織網般的雨絲。雨絲也許下了一整夜，也許是下下停停，停停下下，把我家小院子的比我腳掌大的鵝卵石都弄濕了。我的雙眼被厚厚的眼屎遮蔽，還未完全睜開，我努力的擦掉眼屎，然而還是有些眼屎遺留在眼角、睫毛上。我專注看著雨水從茅草屋頂末梢滴落，雨水偶爾被微風吹得偏離滴落在鋁製水桶的大口徑，風停的時候，雨水就直落在水桶裡。水桶內的雨水就是我們全家四口漱口、洗臉用的水源[7]。父親在桶內放了他切割一半的椰子殼，另一半吊在門廊的木板上，父親會在閒暇時，製作成我們在節慶時吃小米用的椰殼湯匙。我用左手舀起一瓢水洗淨眼角的眼屎，世界在我眼前即刻清晰，這幾乎是我每一天的第一個動作，接著把臉貼在水桶裡吸一口大水，咕嚕咕嚕的漱口，呸……，然後再拿個跟我食指一樣小的林投樹的根莖，根莖的前端是父親用石頭敲碎而變得柔軟的鬚絲，吸一小口的雨水，然後用鬚絲胡亂地洗刷牙齒，呸……漱口數回之後，嘴巴——潔嫩的口腔，哇……舒服了。走出戶外，身心清爽的，挺直腰桿的望著秋分漸漸憂鬱而灰灰的，有別於夏季亮麗而燦爛的海洋。我發現天空的個性，雲朵的輕重，也是與夏季不同的，那些情境讓我特別有感覺。因而每天海洋的情緒如何，就是它的顏色，翻開了我眼睛每一天的視野，這也成了我從那個時候起的習慣，牽制、掌控我一大清早的情緒。

四十多歲的父親，眼神放射出疼惜看著我，很嚴肅地跟我說，待在家裡的涼台望海，今天是祭拜祖靈的日子[8]，也是驅除孤魂惡靈的日子。對惡靈而言，今天也是祂們年度的豐收節，你不可以亂跑。又說，清晨之後也是天上的眾仙女女神，祂們年度的一天一夜的假日，這個時候，白天就是魔鬼的晚上，祂們的白天就是我們真人的夜晚[9]，入夜前的黃昏就是許多魔鬼出來逛部落、逛海邊的日子。父親的話，我記在心裡，我聽訓的回話。當然也讓我害怕魔鬼。

如蜘蛛網絲的雨水沿著我家茅草屋頂，順著茅溝到傾斜的末梢，繼續滴落在鋁製的水桶內，填補了剛剛我漱口吐出的水，小妹順手舀起清水，以食指當牙刷，讓她口腔也清爽了，我們並排靠在門廊木牆望外。此時冷颼颼的風，灰暗的天空，灰色的海面，給我的感覺還真的很陰森，很陰氣，好像真的是魔鬼的佳節似的。聽父親說完，真的有魔鬼嗎？我幼稚的腦紋如此思索。在那一天的清晨，我其實不相信有魔鬼的。

---

7 我們當時的家屋沒有自來水。

8 Mipazos，像是閩南人的農曆七月，鬼月之意。

9 Ta-u do langarahen，天空的人類，監管不善良，也不殘暴的魔鬼。

媽媽也在屋內準備祭祖的供品。她拿一個藤製的篩羅（kazapaz[10]），在我們身邊的門廊木板上，墊上乾黃的姑婆葉，放入芋頭、山藥、刺薯三種不同的根莖類，也是我們祭拜祖靈日時的食物，把這三種食物煮熟，頭尾用刀子切成兩片，好像是東西半球的分開，之後放在篩羅裡，再放上一片父親從大伯那裡拿的小乳豬的肉片、內臟。也跟我說，今天是我們去世的祖父母回家來拿我們一年一次孝敬他們的食物。齊格瓦[11]，你不可以亂跑，因為今夜是小魔鬼最亢奮的日子，最調皮的節日。我聽話，我不會亂跑，我也只能這樣說。黑夜裡有老魔鬼、大魔鬼，以及跟我一樣小的小魔鬼，我笑了。身高不到一百五十公分的媽媽，說：齊格瓦，你別笑，今夜，你必須尊敬小魔鬼。

Ku jastasira.

「我看不見祂們啊！」

Tumu piyana du Oned mu.

「你放在內心裡。」放在內心裡，我唸了一遍。

母親最喜歡跟我說她自編的鬼故事，她說的故事劇情很簡單，也很短，大部分是小真人與小魔鬼打架的故事，最後都是活人勝利。我於是提問：

Ina, manuyongamiyan so Anito do Pongso ta ya?

「媽媽，真的有魔鬼嗎？在我們的島嶼。」

Amiyan, moCigewat.

「當然有。齊格瓦。」

Ni makasta ka rana mo Ina.

「你曾經看過魔鬼嗎？媽媽。」

Tumu peiwala ma do Uned mu.

「你就把它放在心裡休息。」

有許多事，是不需要說出來的。就像風雲雨的變換一樣，順著情緒感悟即可。

父親穿著傳統節慶時穿的服飾，雖然今日是魔鬼的日子，傳統服飾的穿著也是

---

10 kazapaz，篩羅。

11 我未成人父之前的達悟名字Cigewat。但不是我進華語學校用的名字。

儀式的一種。父親身高一百七十多公分，算是我部落裡身高數一數二的成人，壯而結實，右手持著彎月形，父親冶鐵自製的刀，左手拿著也是他自製的籐製篩羅，篩羅圓口直徑約是八十公分，家家戶戶的男人都必須自己編織的。胸前再佩戴金箔片、串珠，以及自製的錐形銀帽，銀帽則蓋住篩羅內裡的祭品。他抱著篩羅走向最靠近海邊的空地。父親的左右手肱部也各套上銀環，左腳腳踝上繫著單線藍黃琉璃珠搭配的腳踝環，我看在眼裡很是喜歡的傳統裝扮，尤其特愛父親腳踝上的環飾，就像部落裡「初潮的小女孩」，她的媽媽會為她的頸子做一個Agalaw的環飾，宣示我家有女初長成似的。這些常識是我祖母跟我母親說的，所以我小妹在我念了國中之後，母親為她做了Agalaw的頸環。這種環飾的美在於它的自然性，散發某種平實的貴氣。

我的朋友米特跑來我家，叫我跟他去沙浪外婆家的涼台，也是我家的隔壁，說，我們去看Mipazos。沙浪外婆家的涼台四面無壁，十張可以給大人坐下望海，或躺著睡覺大小不等的龍眼樹木板。茅草涼台有六根很高的椿柱，架起來約是一百八十公分的高度，以及長長的走上涼台的木梯，但挑高的涼台上已坐滿比我們大的青少年，我們只好在涼台下找個好位置坐下觀賞儀式的進展。涼台下的空間不只我們三個人，還有其他的，有坐著的，有站著的已是華語學校學生的大哥哥們，算來也有七到八位。我們都用眼睛專注地看，用心深深地思索著長輩們的一舉一動，彷彿我們這些活在人間的小鬼的心魂也是祭典儀式的分子之一的樣子，摻雜著我們對未知的未來之想像。

我們的部落是這個四十八平方公里的小島六個部落裡最古老的，但人口也是最少的，二次戰後，即使沒有台灣政府統計，我們也知道我部落的人口是最少。部落裡所有有自製拼板船能力的男人，除了殘障者外，每一個男人都必須按著古老的祭儀模式，穿著傳統服飾，配戴uvay金箔片，提著kazapaz篩羅給祖靈的祭品。

說起來，那個空地就是台灣來的稱之台東縣警察局蘭嶼分駐所占用的空地。然而空地的功能，就是平日警員訓練我們島嶼的年輕人成為民兵，傳授「國家」[12]軍訓思想，呼喊中華文化、中華民族萬歲萬歲萬歲口號的練習場，無論如何的吶喊，包括我那一九三三年出生的堂哥，也不知道萬歲萬歲萬歲是什麼意思，只是服從外來統治者政令，在集合場地嬉笑。當然這個空地是在一八九九年日本武警從台灣進駐我們部落，移走豬圈後，整理出來的。當然當年的日本武警也強占了我曾祖父全家的家屋面積，我祖父五兄弟及一個小妹出生的家。我曾祖父的那個茅草屋被夷平之後，日本武警給了我曾祖父一把武士刀，那一小空地也就變成了我們島上第一所的番童學校教

12　國家是新的詞彙，對我民族而言。

室，日本武警說那是望海觀察敵艦最佳的地點，殖民者的記號，異族與統治我們的紀錄開端。這是小叔公跟我說的故事。

「齊格瓦，從我膝蓋誕生[13]的孫子，那個時候，我已是青少年了。有三個配著長槍、手槍，還有長長的刀（武士刀）的日本人來了。他們的鐵殼船在我們部落外海下錨，我的父親，也就是你的曾祖父，我們家族的十人大船划船出海去迎接那些有槍的Ipon（達悟人的口語念法，指Nipon日本人），以及他們的四到六位的lamlamsui（奴僕，應該是台東地區的卑南族、阿美族）。他們在部落左邊靠近墓場的閒置地紮營了幾天之後，帶槍帶刀的kisat（武警）就命令我的爸爸搬走，說他們要住在這個地方，就是我們的家。我的父親一直不肯答應，於是一位武警就瞄準一頭豬開了槍，砰的一聲，那隻豬立刻倒地死掉。然後他瞄準坐在屋頂抗議的我的父親，命令他下來，否則就開槍，像那隻豬頭的命運一樣，「射殺」。我父親的憤怒只是肉體的怒氣，臉部表情殺不死人，但是槍的生氣沒有預警，砰的一聲即可奪走我父親的命。你的曾祖父最終屈服於槍管，受辱於有槍的外來者。我們，那是我們第一次親眼目睹，不知名的「子彈」（達悟語沒有的詞彙）就這樣很輕易地殺死任何動物。我父親的憤怒，只是尊嚴在生氣，而且我們也無法用殺豬的刀去對抗殺人的武士刀，因而我們像豬頭一樣沒有抵抗三位日本武警的實力，被逼拆屋搬走。那事件之後，日本人就在原地蓋他們的房子，也蓋起教我們下一代學習日語的房子，你的父親就是那個茅草屋教室學習日文日語的第一代。砰的一聲就如天的小雷聲，是我們原始的蠻力、怒氣不可能阻止的。只能在部落族人們的眼前默認我們的失敗，默認日本人強占我們的房子。」

當小叔公告訴我這個故事的時候，我可以感受到他的憤怒，但他還是屈服於了武警的手槍下，讓他只剩憤怒。彼時那塊被族人夷平的地，也成為部落族人祭拜祖靈日時分配外來物資，大家集合的地方，好像是外來統治者與在地擁有者相互磨合的區域，很詭異的想像場域。那個空地約莫是三分之二個籃球場的面積。

我們三人年紀還小，只能坐在涼台下方的鵝卵石上，中生代的男人行動敏捷的先在那個空地等著走路較慢的長者耆老，反之，若是讓長者等著中生代的年輕人，那個人將被視為目無尊長的人，所以中生代如我父親這一輩的，都已坐在那兒等著其他的老人。每一年的這一天是島嶼有船的男人，拿供品去海邊，那些是給天神的，給海神的，給祖靈的。海邊灘頭成為島嶼男人祭拜祖靈的地方，在此商議陸地農耕事務，如

13 Apududuku，達悟人指嬰兒誕生是從膝蓋，是達悟創世紀神話故事。

整修部落兩邊的傳統水圳、集體耕作種植小米，以及mivanuwa[14]（建造灘頭的招飛魚儀式），商議獵捕飛魚的各項禁忌的活動。

空地聚集的男人手上都有刀，都提著篩羅，篩羅也都被銀帽覆蓋著祭品，每個男人的臉都十分嚴肅，嘴裡咀嚼檳榔，不發一語，從自己的家屋出發，陸續走來空地，先到的就等著其他家的男人。米特的父親，沙浪的父親，卡斯瓦勒的父親……還有我的叔父。我的父親，在那個清晨也在那空地上靜坐。媽媽說，那是我們民族的傳統，小男孩們也必須觀禮。祭祖靈的節日，不是舉家歡樂的好日子，而是我們都在面對人的生死離別的循環，生與死的魚線長短（俗稱命運的長短），在每一個人一出生的那一刻就已經記錄在天上仙女的生死記事簿裡了，我祖父說，那是「自然法則」。

每一個都蹲坐著，面容嚴肅，那一天的天候吹著微冷的東北風，天上的雲層如同海面一樣，都是灰色的，陽光被厚厚的灰雲遮蔽，任性的陽光再如何的強悍，也無法穿透秋冬雲層的綿密細胞，彷彿集體的陸海空環境氛圍直接表明了陰森的意象，這一天便是孤魂野鬼出關的日子。對我們這些部落裡的小孩來說，是很壯觀的，也是我們每年見習的部落生活中，最為詭譎的日子。明年某位族人沒有來參與的時候，我們就會知道那位男人可能在生病，或者是已經去世了，那是很清楚知道的。頗有「死亡」宣示之意味。那天早上媽媽也告誡我說，不可以跟你的朋友開玩笑，否則小魔鬼會讓你的大腳拇趾踢到石頭，你清純的鮮血，會從你嫩嫩的腳趾甲與肉的縫隙流出，知道嗎？這句話，我也跟米特、沙浪、卡斯說了，我們同時摸摸自己沒有鞋子穿的腳，緊緊地貼在一起，被一大清早陰森的氣氛及對小魔鬼出關的想像掐住我們的愉快。彼時我們也聽不到涼台上的那些大哥哥們說話的聲音，就如我們聽不到螞蟻走路的聲音似的，除去吸鼻涕聲音外，大夥兒們都屏住呼吸，靜靜的觀看這一天的清晨所展演的活生生的戲劇。

最後是由我的大伯陪著他的大叔父，也就是我的大叔公，他們緩緩的走來，銀帽也是蓋住篩羅裡的祭品牲肉，神情有些凝重，增添了祭拜祖靈日的神祕與詭異，彷彿這個儀式之後，他就是明年的亡者的感覺（他真的在隔年去世）。我的大叔公，他是當時我部落裡還有拼板船者最年長的老男人。我拉長頸子，頂著涼台下的木板，凝視著我祖父的大弟的一舉一動。他在部落中央最寬的石子路上走著，寬約是兩公尺不

14 舊式舉行招飛魚儀式之祭典（二月至六月），建造灘頭的意思是，部落集體整理灘頭環境，迎接新年的飛魚汛期的漁獵活動，教育青少年遵守祖先立下的口語文化。

等，路中央被豪雨，或是颱風帶來的豪雨自然鑿成的比兩邊還低的雨水溝，部落耆老說是rarahan nu Cimei（雨水的路）。大叔公走在地勢較高的右側，雨絲如蜘蛛吐出的網絲（沒錯）那樣的細線，隨風飄散，風吹的雨斷斷續續的，斷了之後蜘蛛又把雨絲銜接起來的感覺。他的步伐有些傾斜，彎曲的膝蓋已無法併攏相貼，骨頭僵硬的，走路開腿的空隙讓小豬可以輕易的穿越在大叔公的胯下奔跑，綽綽有餘，那雙腳不僅是成年勞動，肌理萎縮的證據，同時也是長者最後尊嚴的顯影。他全身上下的樣子，就如警察分駐所所長所言的，真的是「原始人」，暗黑色的身軀，已經衰弱的肌肉，鍋蓋形的髮型，粗黑的頸子遺留幾道乾血跡，明顯是大伯用粗刀鈍刃幫他理的髮，菱形彎曲的膝蓋，就是讓他走路緩慢的身體語言。大叔公、大伯的後面，忽然跟來一個陌生人，疾步小跑似的，從我們部落最高的地勢，一間嶄新的水泥屋竄出來，屋頂上豎立一個很結實的水泥十字架，那個十字架我們稱它為Jujika，後來我們學會說華語，才知那個建築物就是教堂，它在我們部落的最高處，那座山的腰部，我們的聚落在山的膝蓋，因而Jujika似是風箏般的監視我們聚落的變換的感覺，讓我們感覺不安。他的衣服全包裹著他的身子，我們第一次看到這樣的衣服，那個人衣袍及膝，右手提著一本書，鞋上露出一雙小腿，他的臉跟我們長得完全不一樣，鼻梁尤其高，眼珠是藍的，皮膚像是貝殼粉色，我們著色雕刻船身所用的白色，他神情嚴謹的緊跟我大伯他們身後，我們族人稱他為Si Simbusang[15]。神父來幹什麼？有人這樣問。當他們走到了空地廣場，他就站在我大叔公身後，讓我大叔公心神不寧，浮現不悅的面容。這之前，我們部落不曾有過外邦人干預我們的祭儀。我大叔公一到現場，就站著，話語十分穩定，顫抖而有力的說：

Sira Uvaiyakeiliyannamen a kaktehnamen do Cinayi, manowji ta rarake rana sututuwang, icyakmeikwajimakazyazyak, mangaUvay a keiliyannamen.

「最晚的來到，是因為要整理我身體的骨頭，走起路來，緩慢了許多，請大家，部落族人體諒。」接著又說：「大家都到齊的話，那我們就按年紀的走下去海邊灘頭吧！」

這個時候，剛來我們部落傳教的外國神父紀守常走到我大叔公面前，就在我們這些小鬼的眼前，用達悟語跟我大叔公說：

---

15 Si放在前面來說，在達悟語就是單身漢，或說結婚沒有小孩的稱呼，Simbusang，達悟語是「神父」。字義字根，我們不清楚。

mi nuzitamupa ji yama Ta Du Tuan.

「我們先跟『上帝』禱告，好嗎？」

蘭嶼分駐所所長穿著警服，腰間繫著厚皮帶，右邊是上了實彈的手槍，很仔細、很仔細的觀看這些與漢族風俗完全相異的人。沙浪跟我們說，他有pawuben，我們當時不知道那玩意就是手槍，我們都說pawuben，就是會發出ㄆㄧㄤˋ、ㄆㄧㄤˋ的聲音。他也走來我大叔公面前，一副傲慢樣的想聽聽大叔公與神父的對話，但他聽不懂達悟語。他們就在我們面前對話，Simbusang高出我大叔公兩個頭，穿著神父做彌撒禮拜時的裝扮，他散發著白人自負的，為西方上帝服務的自信，高高在上似的雙眼看著我大叔公，好似是星球上的征服者，又說：

Apiya a?

「可以嗎？」

冷風從我們部落的北方山頭吹來，壓不住我大叔公脾氣易怒的么弟，他即刻從人群裡站了起來，先看了看他大哥的眼神，某種難言的發自島嶼本性的古老氣質，藐視所長、怒視神父，大聲說：

Nyou pa nangaya.Sinukamuya!

「別干預我們固有的祭典。你們是何許人物啊！」

Pinuziyan mu nyamen, sinu kaya.

「你憑什麼為我們禱告，你是誰啊！」

小叔公怒視外來的政治殖民者、宗教殖民者的態度，在那剎那間，震撼了我原初而稚幼的心魂，那一幕是我人生的第一眼——小島主人很優越的、很強悍的蔑視，對著代表兩種不同的殖民者身分的外邦人。那一句話，「別干預我們固有的祭典」，具有很深層的民族意識，聽在我耳裡，給了我人生命格，一對啟程旅行的航海槳舵，它根植在我腦海。當下給了我的理智下了註解。

神父似乎理解我們這些原始人對西方宗教的不認識，也就沉默不語了，順著當下的情境，收拾他的語言，不再想像做禱告了。這一幕，對於我，影響非常巨大，一直到現在。那就是部落民族的「初始信仰」，早有與自然環境律則相呼應的儀式文明，這種儀式文明的真諦，就是儀式祭典是沒有優劣之別的，那是各個民族自有自己的世界觀，自有自己的「上帝」。西方來的「神父」，帶著他們的上帝來殖民其他民族的「上帝」。這是事實，同時從中南美洲一四九二年以後的歷史，「聖經與槍砲」證實了一切的「暴力」，彷彿是《聖經》下達的指令。

警察局所長移開身子，因聽不懂達悟語，他右手貼在手槍上，站在我們的眼前。如此的近距離，讓我們對那一把手槍的實質意義萬分恐懼。神父站在原地，或許他沒想到西方的上帝，並非是全世人的上帝，也不是我們達悟人的上帝，達悟語的說法是，天空的神（天神）。神父厚厚的《聖經》裡的神學觀也是來殖民我們達悟人的神論（沒有錯誤），西方人的天神觀。神父被排拒後有些茫然，但儀態依然從容，於他只是短暫的挫傷。然而，我們幾位從那個時候起也開始怕神父叫我們去教堂，讓上帝洗刷我們的罪惡罪過。我常問自己，為何西方來的神父一進駐我們的島嶼，就說我們這群人是「罪人」，我還在繼續質疑這句話。可是，我肯定我們自己，我們不是「罪人」。就像那位警察所長說我們是「完整的野蠻人」，不是有「罪惡」的人。當然，當時我們是不理解野蠻人的意涵。

男人們站了起來，黑臉孔，黑頭髮，如是從土壤裡初長嫩芽的地瓜葉，有高有低的按著自己膝蓋韌性的力道伸展，每一個人把篩羅提到腰間，手臂與肱部關節呈直角的位置，篩羅上的銀帽像是移動的銀燈，按著最年長的年齡走，走一字形，秩序長幼井然，有時也像蚯蚓的隊形緩緩的走向海邊灘頭，汪洋一片大海是這群，「完整的野蠻人」朝拜的大殿宇。我們這些部落裡的小男孩也像是沒有被馴化過的土狗，好奇的尾隨在他們身後，幾乎是全部落男男女女的族人一起出動。其實環繞小島的六個聚落距離海邊只有數十多公尺而已，然後我們在台灣來的囚犯築好的軍車走的石子路的邊上的馬鞍藤上坐好，觀賞儀式的進行。視線所及的，離灘頭約是一百餘公尺的海面上，約有數十艘的台灣漁船下錨棲息，避開強力東北季風的冷鋒面。

部落的男人行走的樣子如是扭動的蚯蚓走向海邊，眾人到了灘頭，灘頭上還有很多艘的拼板船停放在海邊，每個人先把自身的篩羅上的祭品放在沙灘上，然後提著各自的銀帽退到祭品後方，我們數算下去做儀式的成人，約莫有五十幾位，這意味著我們部落裡還有五十幾艘的拼板船[16]，所有人坐了下來之後，由最年長的先發言，每個人手上都握著刀子，刀子是一種禮俗，是解魚用的，也是解構豬身、羊體用的，我們

16 那個年代，或者說是我們傳統的信念是，成年人必須有自己的拼板船，船除了承載海洋與陸地連結的本質外，船身同時是代表是一個家庭的意義，這是達悟人的海洋文明的具體表徵。

細心聆聽長者的話語[17]。

蜘蛛網絲般的綿雨停歇了，風雲多了秋冬的涼意繼續吹向南方，風影吹拂著略帶灰色憂鬱的汪洋，吹到海洋的斷層帶，海平線。我們三人共用我的綠色外套禦寒，卡斯・瓦勒說我們身體很大，像是畸形的烏龜一身三個頭的怪樣，我們身後的神父偶爾用《聖經》輕輕敲我的頭，示善意，也彷彿在暗示我們眼前的這個傳統儀式不是上帝創造似的，我們以微笑回應。久久久的，成人們在商討什麼事情呢，我們這些小鬼聽不到，也聽不懂的不知道，我們只注意自己的父親裝上祭祖供品的篩羅是哪一個而已。此刻的情境氛圍完全被「鬼日」弄得陰森，分駐所所長，以及兩位山地籍的警員也尾隨著觀看這群人的異風異俗，我們也不知道他們在說什麼，因我們聽不懂華語，神父抱著《聖經》繼續站立在我們的身後，我們這些小鬼當然也不知道神父腦子裡想些什麼，但神父卻跟我們說達悟語：

Mayikamu do Kyukaisiniciyuo,amiyan so kasi.

「你們要來教堂，在星期日，有糖果。」

我們回頭看神父，他微笑，我們不回應的繼續關注自己的父親的篩羅，那句話很有壓迫感，雖然神父有很慈祥、很俊美的臉，但我們心中存有某種難言的，對白人的陌生恐懼。

一群人都蹲坐在砂礫上，面朝無盡的海洋，好似敘述著海洋不著痕跡的無盡傳說，海洋不變的考驗人類的耐性的感覺。眾人終於起身，秩序井然的沿著原來下去海邊的路轉身回部落，他們漸次的走上來，面無特殊情緒的表現。就在這個時候，我們一群部落裡的小男孩如螞蟻似的集體出巡，衝向灘頭奔跑，跑向自己的父親的篩羅。大人跟我們說，當他們在說話的時候，天神、海神、祖靈就已經取走了祂們的禮物，而大小魔鬼的食物就讓我們倒在石頭上，有山藥、刺薯、芋頭、肉片。拿走自家的篩羅後，我們這些小鬼便奔跑的回部落家吃早餐，落後者將被老魔鬼摸屁股，哇……大家提著篩羅奔跑。我喜歡吃山藥，在山裡種植一到兩年才收成的根莖植物，只有在冬天才吃得到的食物。我家的早餐就是這些，以及少許柴煙燻的豬肉乾、魚乾。

卡斯、米特、沙浪等我的好朋友，他們用姑婆葉包著跟我一樣的早餐來到我家涼

17 三十年後我取代家父參與了，那是說達悟語最高段的語彙訓練，發言的語言美學，我見習到了民族傳統信仰不被外來宗教干預的神聖，以及它純自然信仰者的美學，透露出那個時段部落族人之間相互尊重的底蘊，對某事的贊成與否定有它的傳統軌跡，雖然我這一世代的參與已滲入了現代性的種種，但彼此間的互敬仍維繫著我們之間的部落友情，及大自然的敬畏信仰。

台，我也拿著我的食物去涼台。我家的涼台的背面與面海的左邊，我父親運用竹竿夾住茅草當遮寒風、避雨，我們一面吃山藥，吃魚乾，一方面回顧今早所發生的事，父親拿著大陶碗魚湯給我們，恰巧此時神父走來我家，但他已脫下了神父袍，他對我們微笑，然後進入我家，顯然是我父親請他來我家吃傳統食物的。

小島南邊的，我們部落在冬季的寒風襲來之際，在空無船隻的海面，放射出灰暗色的荒涼，彼時給我十分莫名的親切感，好似汪洋隱藏著許多的誘惑元素，譬如說，我們的父親出海船釣，釣回來許多的魚，卡斯說，看不到海底，如何知道何處是魚兒的家？這個問題一直困擾著我們兒時的想像，而我們眼前吃的魚乾是被柴薪煙火燻黑後的半片魚身，有道很濃烈的柴煙味，鮮魚透過陽光曬，透過風吹乾，透過柴煙燻才可保存，讓我們過冬天，但我們卻愛不釋手。我們每個人的姑婆葉上都有一截約十到二十公分長，如球棒棒頭大的山藥，這是我們最愛的根莖食物。我們吃山藥，也一口一口的共飲陶碗裡的魚乾鹹湯，這種貧乏食物的口感讓我們在秋冬長大。

我們四人都穿著媽媽織的丁字褲，我們的上身穿的是台灣來的救濟衣物，說是神父從台灣募來的，由台東加路蘭港十噸級的漁船，花了十二個小時運來蘭嶼的，聽說船的運費是台東縣政府的錢，那是一九六二年。除了我的綠色外套比較溫暖外，我朋友們穿的衣服都是卡其色的襯衫，不保暖，我們於是靠在父親存留的乾枯的茅草邊休息，閒聊關於魔鬼的故事。神父走出我家，在鋁製的水桶舀一手掌水漱口，對我們微笑說：

Mabsuirana , yaken.

「很飽已經，我了。」我們也微笑，抿著嘴。

他的手掌握著《聖經》，還有一本學習達悟語的筆記簿，一有新單字，他便記錄下來，他至少可以跟我父親很流利的說達悟話，關於這一點，我們部落的那位漢人警察所長就差太遠太遠了，或者說是，那漢人拒絕學習我們的語言，他是來管理我們島嶼部落的治安，但是除了魔鬼外，我們沒有治安不好的問題，反而是他佩帶著手槍，讓我們心魂不安。其實，我們怕神父，怕警察，但是我們更害怕的是，夜間在我們部落遊走的孤魂野鬼。

「神父吃飽啦？」所長問。

「吃飽了啊！」

「你敢吃山胞[18]的東西嗎？」

「好吃好吃呢！」神父答道。

陳所長不屑的表情，也可能來自於他那一絲凜凜氣勢都沒有的氣宇，而表現的鼠目寸光的眼神，神父似乎很敏感的理解到此等漢人對「山胞的」深度偏見，即使所長用綳帶緊緊裹著對山胞蔑視的眼睛，神父也嗅得到，於是問了陳所長說：

「沒有村人邀你吃飯嗎？」

「我不吃山胞的食物。」

「為什麼？」

「很難吃啊！」

神父用手帕擦拭嘴角，然後擦擦手掌手背，轉個身子跟我們說：

Mayikamu du Kyukai, yamiyansukasi.

「要來你們在教堂，有糖果。」

「希望陳所長也能來教堂，讓上帝赦免你的罪惡。」

陳所長鼠目般的眼神無法壓過某種白人對有色人種的傲慢目光，逕自轉身的，叼根長壽菸，右手摸著槍背，彷彿隨時拔槍的態姿，走回警察局，丟了一句：

「什麼上帝啊！我有大中華啊！」

我們笑笑地看著神父走回教堂，他逢人就說「天主保佑，天主保佑」，時間久了之後，村人也跟神父說，「天主保佑你」，然而，部落的人，誰也不知道什麼是「天主」。但是人們說了，彼此間似乎有了親切的感受。說穿了，陳所長是我們島上最權威的警察局所長，此時此景似乎在白人神職人員面前有被羞辱的不甘模樣，看在我個人眼裡，心中忽然被啟迪某種幻影，那種幻影就如早上那般的情境延伸。

「一邊象徵另類的西方霸權、宗教勢力遍及星球裡的各個初民部落的社群，利用《聖經》代替武力行殖民之實；另一邊是象徵大國的政治勢力，運用槍桿子管轄部落民族。如早上的情境，我們部落的海洋獵人舉行傳統的節日而穿上傳統服飾，身體的行為，服飾的表徵，語言的表述等等的，與這兩種『殖民』的歷史演進是沒有干係的。」

我感受了此等「殖民」的微微火舌，將是折磨我們島嶼民族的不滅火炬，如我們夜間可以看到的台灣南部的恆春燈塔，將招引來更多更多的採蜜人、盜伐者、投機者、采風人來到我們的島嶼。神父的《聖經》是無遠弗界的慈悲象徵，也是雙刃的西

18 「山胞」，當時台灣稱呼「生番」的集體的行政命令身分，換言之，就是拒絕稱呼我們是「某某民族」，我們的政治上的身分。無需贅言。

洋劍，是聖水，也是鮮血，執行宗教帝國的一神論；所長的手槍是霸凌弱者的計時器，執行國家的統治機器，歸順於中華民族的一元價值觀為終極目標。

「他們每天帶《聖經》，佩帶手槍經過我家。」沙浪說道。

陽光穿透了雲層的防禦綿雲，已在我們面海的右手邊了，這個時候已是午時的某個時刻。我的父親換了裝扮，穿著藤盔藤甲，手裡握著被柴煙燻黑的，約是兩公尺長的木製長柄，柄的尖端是已鏽蝕扁平的，似是軍營M16步槍刺刀形狀。父親露出壯碩結實的手臂、二頭肌、大腿肌肉……左手也握著hahateng[19]（咬人樹）走來涼台，神情嚴肅嚴厲地說：

Yanamenmamozwaw so anito a, ji kamumeiyuoyaw, ta masusuzi o anitosicyarawya,ma ngapkamusunanawusyou manga naku.

「部落的男士現在要做驅除惡靈的儀式，你們不可亂闖亂跑，今天出關的惡靈特別凶狠，你們要聽訓，孩子們。」

接著，我們看見了部落所有的成年男子，跟我父親一樣的驅魔裝備，各個如是剛出籠的灰狼樣，乍看起來，真如陳所長所說的，十足的「野蠻人」。所有的男人的膚色，包括我們這些小鬼是被太陽燻黑的皮膚，真的是野蠻人出征的氣勢。然而對象是魔鬼，不是人，也不是神父、陳所長。男人們走向部落的背面山底，也就是天主教堂的附近。當我父親一離開我們視線時，我們四人立刻從我家涼台衝去沙浪家的涼台的下方。那兒也有沙浪的祖父庫存的乾茅草[20]，但我不忘披著我的綠色外套，一同鑽進茅草裡。

哇！不得了。部落裡所有的已為人父者皆要參與MamuzwawsuAnito（驅除惡靈）的活動。

我們的聚落九成是傳統的茅草屋，少數是國民政府來了之後所建立的，運用鵝卵石、水泥蓋起的德政示範屋。神父的天主教堂居高臨下，在山腰下，視野佳。教堂面海左邊是番童學校的教師宿舍，我的哥哥姊姊們在學校上華語課，都躲進了教室。我們看見部落裡所有的成年男士，各個穿上驅除惡靈的藤盔藤甲，手持著長矛、咬人樹枝。族老一聲吆喝下，眾人便從山腰的教堂、教室宿舍一起吆喝，說「Tuzyaw……

---

19 這種「樹」的葉子，或者樹的表層溢出的汁有毒。在達悟人的觀念，鏽蝕的鑄鐵，以及咬人樹、菅芒是達悟人驅魔的利器。

20 庫存乾茅草是用來修補隨時會漏的茅草屋頂用的，同時也是我們民族在寒冷冬夜禦寒的被褥。

「Tuzyaw」，我們忽然感受整座聚落震動了起來，彷彿千人武陣踏地的驅魔，聚落震動了起來，除去驅魔的武士外，所有的人都躲了起來。我們四人躲進茅草裡，只露出雙眼，驅魔的人群走到豬舍，群豬便嚎叫，走到羊舍，羊群慘狂，淒厲聲穿透雲層，就連許多母狗也懼怕的躲進豬圈了。驅魔隊群從山腰一字排開的驅魔，凡有豬舍羊舍一律丟出咬人樹，此時我們四人也感受到小魔鬼也懼怕似的，一直到警察局空地，然後眾人再次的吶喊道「Tuzyaw……Tuzyaw」，之後眾人再次的衝進海邊灘頭丟棄咬人樹，雙手握緊驅魔長矛，一字排開的面對大海，再次的再次的吶喊道「Tuzyaw……Tuzyaw」，嘶喊聲衝破了雲層的防線，在沒有雲朵的天宇消音了。驅除惡靈的儀式，把惡魔趕出聚落，驅離島嶼到海邊，如此莊嚴的驅魔儀式就如此的結束，前後約是半小時。在海邊，眾人用長矛不斷的刺空氣，左右的刺，有人便呼應的說「Nga……Nga」，此話象徵魔鬼已經被刺傷，已經從部落驅離出境，到了海上，航海到無人的島嶼，部落四周的陰森處，包括林投樹叢裡的老魔鬼都被驅離了，野鼠也鑽入了深深的地洞避邪。

驅魔儀式一結束，整座部落上天的、地底的都安靜了下來，我們也被嚇唬得雙目瞪天，久久不能自已。父祖輩們從我們眼前流汗走過，暗黑的身子彷彿也是魔鬼的感覺，我們屏住呼吸、烏雲、冷風、綿雨、灰色取代原先的肅穆的、激動的氣氛，恢復到冬季的寧靜。此時，在沒有入夜之前，我們各自紛飛到自己的家。而我，幫媽媽生起小火，讓兩位妹妹溫暖，也讓父親身體從火舌得到光溫。我繼續披著綠色的外套在屋裡看著火舌光影弄舞，直到夜色占據了天的黑，惡靈取走它們的食物後，我民族的年曆進入鬼月，此時母親開始了講述她自編的鬼故事：月圓時，月的臉是微笑的，月缺時，月的臉是惡魔，天空的眼睛（星星）是指引人生航海時的星座，母親如是說。我聽訓，但不想辯駁真的或是假的。原來月圓月缺的明與黑是善神與惡魂的更替，十五夜是明，初一夜是暗。然而，我們島嶼所有人的家，屋內卻是終年的漆黑[21]。

三年以後，也就是我們進華語學校的第二年，在海邊灘頭祭拜祖靈的儀式繼續，然而部落裡的驅除惡靈的驅魔活動，已被神父阻止了，說是，交給天主，由上帝降魔。神父說繼續實踐驅除惡靈活動的村人，那一家人就沒有外援物資的配給，如衣物、麵粉、稻米等等的。雖然神父說「不可再做驅除惡靈」的活動時，包括我的小叔公在內的十多人，他們拒絕與神父說話，也拒絕上教堂，拒絕西方宗教干預他們原初的信仰，在我的記憶「原初的信仰」影響我非常深遠；但我父母親被《聖經》假借馴

21 蘭嶼在一九八二年的五月之後，才有全天的供電。

化，成為了第一代我們島上的天主教徒，我們四位也開始在聖誕夜來臨之前，努力學習的唱「阿利路亞，阿利路亞」。之後，我們開始有糖果吃了，有外來的救濟物資可領，也成了天主教徒。神父很明顯的就是試圖依西方宗教教義淨化我們，然是，我個人以為「淨化」帶有強烈的，歧視在地宗教的意涵在裡頭，就如神父說過的，除了西方的上帝之外，世上其他民族的神都是邪惡之神。這句話，從那時起，我就開始質疑我們的「神」，也在我初始起步的人生，此漣漪混淆了我潔淨的心靈歸宿。同時，神父也開始計畫改變島嶼某些幸運的孩童們的「命運」。也就是培養達悟人新生代，願意配合神父的理想，去台灣的台東念書的孩子們。

我的部落，伊姆洛庫有三位男孩、一位女孩，接受了神父資助，隨神父飄洋過海赴笈台東念初中，我們島嶼第一代到台灣念書的族人，揭開了民族少年的「視野」帷幕，這是瑞士籍的神父，開啟了認識台灣的開始。二次戰後出生的孩子，每年暑假回來小島，他們所穿的中學的學校制服一直吸引我的目光，彷彿「制服」就是象徵改變個人命格的符號。假如學校制服能改變自己的未來的話，我開始思索這件事。於是，我一直很認真的去教堂作彌撒，來吸引神父的目光，可望我也有機會被他帶去台東念中學。「制服」或許也是被制服吧，我心裡想著。無論如何，這件事對我而言，至少是雨絲般的希望，也是離開小島小希望到大島大希望的夢想。

然而一九六九年，我們島嶼也被設置了蘭嶼國中，九年一貫教育，這也是蔣介石政權統化統治台灣的一項「德政」，我因而失落，非常失魂的去了蘭嶼國中念書。一九七一年的三月某天，我們聽到神父在台灣西部車禍死亡的噩耗，我的難過悲傷在於他的遠見，給我們改變自己的希望，以及他對抗蔣介石軍營欺壓我民族的正義感。

神父走了，分駐所所長繼續佩帶手槍在我部落閒逛，也是在宣示他象徵威權體制的階級。我遠離他的身影。神父走了，然而島上六個部落的天主教堂也蓋好了，同時也來了另一個瑞士籍的神父銜接續宣揚《聖經》、天主的事蹟。怪異的是，我部落裡幾十位的漢人，沒有一位進入過天主教堂，在我眼裡繼續演繹佩帶手槍的警局所長與新來的神父繼續對峙，也相互歧視，都讓我害怕。

在人間消失兩次

那一年的「驅除惡靈」儀式之後的秋冬季節，我曾經在人間消失過兩次，消失的時間相隔一個月，每一次都是一天一夜。我是如何消失的，我不知道，但我被找到的剎那，在我的記憶迄今依然清晰。祖父的說法是，我被魔鬼抱走，陪老魔鬼的孫子小魔鬼玩耍。是不是這樣，我不知道，但我喜歡這樣的胡亂想像，沒有西方科學理論推論的在地解釋，我認為，這就是世界人類文明有趣的地方。我認為，幾乎都是依據傳統的簡易推理，那種推論盡是惡靈與善靈的對立想像，我們族人一旦有不順遂的事情發生，或是人的生病，我的父母親、我的祖父母就推給惡靈，然後請部落裡的巫婆為人降魔，順遂就記在自己祖先的庇佑。但我清楚的記得那兩次的失蹤，我都穿著台灣國軍軍營救濟給我們的衣物，是我父親抽到的，一件大而溫暖的軍人的綠色外套。外套裡面，我都穿丁字褲，沒有內衣，外套是漢人的，丁字褲是在地的。我失蹤之前，父親喜歡跟我說故事，他的故事，除去影響我一生的「小男孩與鯨豚的故事」外，他喜歡講活人與魔鬼的戰爭，當然故事裡的活人都是小男孩，魔鬼也是小男孩。

父親的故事是這樣描述的：

在祭拜祖靈日之後，好幾天的夜色降臨的時候，家裡有嬰孩的人家，嬰孩就會哭個整夜，不僅大人睡不著，連小孩也跟著睡不著，於是一到晚上，有嬰孩的人家就會引來親屬們的關懷。可是部落裡的巫師或巫婆，都不願意為嬰孩祈福、收驚。因為他們眼睛在黑夜裡所看見的是一群小魔鬼，巫師巫婆不願意跟小魔鬼作戰，或打交道，認為擊敗小魔鬼是勝之不光榮。嬰孩一到晚上哭個不停的第五天，有個人家在夜間生火，火光從木門縫隙照明門外石梯時，活人透過柴光看見屋外有許多小小的黑影繞著茅屋彈跳起舞，繞著有嬰孩人家的周圍。有一位巫師拿著幾根乾蘆葦火炬走出屋外，小魔鬼不離開，祂們會在火炬照明不到的範圍繼續彈跳起舞。

巫婆看了那些小魔鬼飛舞的娛樂自己，但卻苦了部落裡的一些小嬰孩，她跑了好幾家為小嬰孩們收驚，結果都無效，她思索了幾晚，想著柔性勸阻小魔鬼沒有用，後來自己從山裡採了咬人樹的嫩葉回家，並放進陶甕裡燒柴燉熬，隔夜，她邀請那些小魔鬼，說：

「這兒有tubu[1]，以及肉片、山藥，我親自孝敬你們。」

「真的嗎？」

「當然是真的，我也知道你們肚子餓。」又說：

「你們為何讓小嬰孩哭個不停。」

1 tubu是一種蕨類，在飛魚季節期間是禁食的，象徵讓人耳聾。巫婆用咬人樹的嫩葉取代Tubu。

「他們的哭聲就是我們的笑聲啊！」原來啊！巫婆如此的想。

「那你們喝完這個湯、吃完肉片、山藥之後，你們就繼續的飛舞唱歌，好嗎？」

小魔鬼聽得樂不可支，認為是戰勝的禮物，於是圍住陶甕，盡情地享用巫婆給祂們的食物。巫婆斜視小鬼們的飢餓樣，內心暗笑的摀著自己只剩牙齦的嘴。

當那些小魔鬼喝完咬人樹的湯汁、燻肉片、山藥之後，它們的喉嚨立刻燒癢了起來，舌頭麻木，嘴唇腫脹，即使它們努力嘔出吃下的東西，用手指摳出已進腸胃的食物，都是徒勞的，最終那些小魔鬼慘叫連天，逃跑得無蹤無影了。這個事件之後，部落的小嬰孩在夜色裡就不再有哭鬧了，部落的夜晚恢復到原來的安靜，小嬰孩終於安靜的成長。

小時候，我始終安靜的聽父親、母親說故事，未曾有過質疑，或是反問後來故事的結語，我只是不時的思索，記憶許多父母親跟我說過的故事而已，不曾思考過合理與不合理。然而，我小時候的失蹤兩次，是否與此有關，我是不知道原委的。那時我成長的歲月，在我們的島嶼是沒有電燈沒有現代家電用品的時代，換句話說，我們的生活，日常的想像幾乎還沒受到外來異族的干預。因此，在秋冬的夜間，有月光、天氣良好的時候，是我們最喜歡的。月光下，一群小孩遊樂，或是睡在一起說出自己未來的夢想。

我消失的時候，就是月圓的良辰美景，地方有兩處。

第一個是我家涼台下的角落，在那兒我昏睡了一夜一天。我同樣是披著那件綠色外套跟我父親睡在涼台，我睡著時不斷的作惡夢，翻滾又翻滾地落地，然而我的落地感受如是一片雲的降下。那個角落父親用來堆置我們吃完的海鮮貝殼，稱五爪貝，堆疊得非常多，成了我家柴屋火房的外牆，父親與我家族，花了一夜一日的時間找我。他們到墓場，到海邊礁石洞，海邊的林投樹叢，部落隔壁水芋田的工寮，最終就是找不到我。第二天的傍晚，我被發現，發現我的人是我的表姊夫。

另一處是，現在用詞，就是軍方的崗哨，夜間看守部落灘頭船隻的茅草屋裡，看守木船是台灣警備總部命令各部落搭建的，是為了防止從台灣移監來蘭嶼島的現行犯，越獄竊走木船逃亡而建的（高軍鐘逃獄成功，在朗島殺了一位老兵，偷了一艘拼板船逃獄離開蘭嶼）簡易茅草屋。當時那些台灣來的士官、軍官等大爺們的表現，用現在的話來說，就是傲慢無比，自以為比我們優越；當然，他們只關心囚犯的越獄，至於我們，是他們的另類囚犯，愚昧化我們。

那一天，在我們吃完一天裡的第二頓地瓜、芋頭後，就走去海邊玩遊戲，運動流汗是我們驅除秋冬寒氣的方法，我們把海邊當作是我們消耗體力的操場，展現歡笑歌聲的舞台，即使我們進了華語學校，海邊依然是我們不變的、真實的學校操場。我與部落裡七、八個年齡相仿的玩伴在海邊沙灘玩耍，玩得疲累之後，我們一同在海邊那間簡易草寮避寒睡覺。那只是一間簡易的茅草屋，大約有六張平鋪的草蓆，屋內鋪滿海邊的石礫，還有七、八把的乾茅草堆放在角落。我們喜歡睡在溫暖的茅草上，每一個人也都披著比我們身體大兩倍以上外來者救濟我們的衣服。在我們島嶼的秋冬季節，經常吹著冷颼颼的東北風，茅草就是最溫暖的天然被褥和被臥。茅草也是我姊姊他們那個世代（一九四〇年代）的襁褓，我也是。我出生於一九五七年的十月，部落裡的姥姥，傳統的助產師，就是拿茅草當我的褓衣，柴火就是我們室內的陽光，能過冬者的嬰孩就是健康的嬰孩。我們這一群出生於一九五六到一九五九年的小男孩，都跨過了常常奪走嬰孩新生命的秋冬冷濕的門檻。那些衣物，對我們而言，來得正是時候。

結果，那一天我玩得太累太累，披著綠色外套在茅草堆裡睡熟了。

熟睡中的第六感，我感覺我的身體彷彿很輕，如是天空浮雲似的輕盈，身體似乎被輕輕的移動，靈魂被小魔鬼帶走，感覺我在跟他們遊歷陌生的世界，遊歷的記憶也好像是嬰孩滴落的口水，乾淨無渣，沒刻下絲毫的記憶。我肉體在清晨忘了起來，直到第二天的白天，我整整睡了一夜一晝，我的夥伴們也不在意我的存在與否。傍晚的景致如姥姥的氣宇，不善良也不凶惡，眼前的海平線恆常神祕。那一天部落青年夜間輪值看守船隻的是我的大堂哥，他說，走進草寮，第一眼就看見角落黃茅草上那件綠色外套，他想拿起來穿，卻意外地發現還在沉睡的我。他激動而亢奮，即刻揹著我從海邊草寮狂奔我家，嘶喊道：「弟弟在這兒，弟弟在這兒。」我茫然驚恐，臉變為綠色，像是靈魂被魔鬼抽空的無助表情，堂哥如此敘述。

堂哥、表姊夫，他們都長我二十五年，美好的事情是，堂哥在二〇一〇年十月去世，表姊夫在二〇一一年一月走人，但他們往生前都指定我，要我依據傳統葬禮儀式好好土埋他們的肉體。關於這一方面的喪葬禮俗，父親生前都教育了我，因此我都盡到了在我民族傳統上土埋親人的義務，以及出殯時的儀式禱詞、祝福語言。這也或許可以說是我回饋他們吧。我推算，我在人間消失兩次的時間約是在一九六二年的十一月。

兩次消失在人間，父親都在清晨從山裡採一把的蘆葦，父親先以很嫩的幼蘆葦在我全身畫上畫下的，口中念念有詞，作祛除惡靈的儀式，小叔在涼台上沉默不語的觀看。之後，父親搗碎那一把蘆葦，用石頭搗出蘆葦汁液，從我的頭開始清洗，除了洗滌我瘦弱身子上的汙穢外，我全身盡是青澀的蘆葦液汁的香味，弄得我身體舒暢血脈疏通，心魂倍感輕鬆，那種感覺真有活過來，重生的舒服感，彷彿我的人生有了汪洋般的遼闊，有了潮水日日夜夜起落的實在感。父親說，他要把魔鬼摸過我肉體的指紋徹底地洗乾淨。是不是真的，我不知道，但這是我的幸福，我曾經受過傳統的淨身儀式。哇！淨身儀式，我從心裡面笑了出來，祖父也在我身邊觀看，要我的靈魂堅如磐石，他說，齊格瓦，你的名字，就是這個意義。那時刻的情境，彷彿漢人沒有進駐我們島嶼似的感覺，我完全融入在野蠻美學的環境中，享受沒有外來文明干預的宗教儀式。然後，姊姊帶我去冷泉洗澡，她是國民黨在蘭嶼的山地文化工作隊的一員，常常在國家慶典跳舞表演，唱歌給台灣駐紮在蘭嶼的國軍，以及數不清的監獄囚犯聽。冷泉固然很冷，讓我身子不停的顫抖，然而姊姊非常迅速的以用肥皂清洗我，我們沒有肥皂這個單字，父親就用日語說，kaosiking。肥皂雖然可以把我身子洗得比較乾淨，但不比蘆葦的汁液清爽舒服。

很奇特的是，我消失的那兩次，我的幻覺是，看見一艘與我民族造船模型完全不一樣的船，一艘有桅杆帆船的外國船，在我部落東南方的小蘭嶼島下錨停泊。我與部落裡的那些童年夥伴就在那艘帆船上，坐著望海波濤，而後各自說著我們未來的夢。秋風的涼爽，秋季的海浪，秋節的明月似乎都在協助敲開我們的想像。可是，我們卻沒有看見擁有那艘帆船的主人，不知道那艘船的船東是白人、黑人，或是黃種人，這一點讓我十分的困惑。然而就在我進入華語學校念書的那年冬季的某夜，母親生火煮地瓜，抱著我二妹餵奶，柴炭溫熱著我家，不到六坪大的茅草屋，在地面以下，父親挖了兩公尺深，以茅草搭建的小屋。火煙火舌溫熱我們的身體，和我們小小的茅屋。我與父親睡在沒有木門遮風的前廊，前廊的長度約是兩公尺，寬度一公尺，四塊木板組成的地板。我被找到的那天夜晚，父親認為那件綠色外套藏著漢人的某種惡靈，於是父親帶著那件外套去了海邊某處，將之燒毀，同時念了很長很長的解咒禱詞。然而那年的冬季，台灣國軍的捐助衣物，每一家都分配到一件綠色的軍毯，但我睡覺的時候，軍毯不比那件外套溫暖，也許那件綠外套也是外來的救濟衣物，是異族軍人靈魂穿過的吧，但是那個時候，我還不知道台灣國軍打過二次大戰爭的仗，許多許多的，飛來我們祖島的救濟衣物隱藏漢族軍人的生魂，或亡魂野鬼吧。

在人間消失兩次，每一次沙浪、卡斯・瓦勒都來我家問我那是什麼狀況，他們似乎不理解被魔鬼「抬走」的意義，然而，我的表哥吉吉米特卻是相信人間有鬼，他經常跟我們敘述他遇見魔鬼的感受，也描繪魔鬼的形貌，他描繪的也幾乎跟我小叔公、我們的父祖輩完全相同。所以，每當我們祭拜祖靈日的時候，或是傳統節慶，我們便很自然地抛出魚乾、豬肉肉片給孤魂野鬼，並且說，拿走你們的食物，讓我們在黑夜睡得平安，當然我們也厭惡我家的狗在夜間拉出長音吠叫的時候，我們皆認為狗正在對魔鬼嚎叫驅離。即使我們每星期去天主教堂信上帝，聽神父的讀經（我們完全聽不懂《聖經》的道理），但我們嘴裡不曾說過上帝保佑我們。彷彿「上帝」還不是我們舌根的字眼似的，或許就像華語一樣，我們一直說得不好，也不標準。我們學習「外島」人的語言，信白種人的宗教。

我們族人皆以石頭為爐灶，ㄇ字型的，爐灶裡的火影分秒隨著石牆縫隙的風影飄動，母親哼著搖籃歌讓一歲多的小妹子安穩入睡。柴煙不僅僅燻黑了屋內石牆，也燻黑了家屋的九根木樁柱子，以及茅草屋頂下許多的竹子，所有被燻黑的家屋物料，在火光下看起來很美麗，感覺那些物料被柴煙燻黑的都結實了似的。當然我家的小茅屋，甚至是我們部落所有的茅草屋都經歷了無數次的颱風肆虐，真是穩固，原來柴煙有這樣無法計量的好功能。母親背著火光的身影時明時暗，像是月光下的海洋，沒有停止過波影浪舞，舞動著生存的底盤，以及海洋基因的流動，我就是從那個時候起，愛上了柴薪的火舌、火舞、火影。父親在那一夜跟我說了，我的高曾祖父說給他聽的故事，他也傳給我聽。

很久很久以前的冬季，飛魚季節來臨前的一月份，那一年冬季的東北季風吹的風力，有如夏季的輕度颱風，吹得小島冷颼颼的，下的綿綿細雨像是泉水般的冒出。陰霾的天候，氣候長時間的惡劣，每當暗夜來臨，整座小島山峰的雲如似被綿密的黑紗網遮住，就連白天的陽光也無能穿透雲層紗網的縫隙，於是夜晚的月亮似是殘障光影，讓人感受不到月光存在的意義；還有風，還有浪，在白晝的海面也呼應著天候，一樣的昏暗，那種感受讓人恐懼，海洋也陰險了起來，這種天象，讓整座島的島民從起床到睡覺，都非常不舒服，即使部落裡最為英勇的漁夫，也是航海家名人，很優雅的夏本・雲浪[2]，也被如此惡劣的天象海況逼得像一頭孱弱的種羊，失去了精蟲奔騰的豪邁，祖父被惡劣天候折磨得也暴躁了起來，似是失去了老伴，悲傷了起來。即使我們部落裡可以預言颱風何時會襲島的杜狼巫師[3]，更是失去法力，而顯得一無是處。

那時有一艘外來的單桅帆船在小蘭嶼翻覆，很幸運的，翻覆的地點就在那小島上

2 達悟民族姓氏習慣法是「親從子名制」，夏本是升格為祖父時，所有男性的姓，雲浪是他的長孫子的名字，所以在達悟的姓是習慣法說，雲浪的祖父就是夏本・雲浪。

3 杜狼，在達悟語義是，驅除惡魔者，從小就被仙女託夢圈選的預言者。

一個可以容納四十幾人的天然洞穴前[4]，也就是說，船上有些人是存活的，爬上在岩石洞穴生火取暖。冬季的海象也如天上的雲，有時烏雲密布，黑雲遮天，有時候也是晴空萬里，風平浪靜。過了半個月以後，天氣轉好，感覺如是初春的溫柔氣候，善良的浪舞如是緘默的指揮家舞著指揮棒，如是久未獵魚的漁夫們的出海情緒。然而，我們部落裡的有個獵魚家族，他們家族的名字是SIRA DO SANUSUN（河川家族），那就是夏本·雲浪的家族。他們希望去小蘭嶼探望他們在那個小島上放牧的羊群，並抓一兩頭羊來迎接新年的來臨，而岩石洞穴原來就是漁夫們獵魚休息的地方，結果他們在岩洞遇見了遭遇海難的人群，都是白種人，有十來個，有男有女。白種人希望河川家族先把活著的白人運回大島，然後再請大島的其他家族，划大船來救人，並運送黃金珠寶到我們居住的大島。然而河川家族覬覦的是白人的黃金珠寶。最後雙方比手畫腳的結論是，先運三箱黃金回大島，以及兩女一男。

可是在划船的航程中，他們把三位白種人拋入海裡，當然結果就是死亡。然而，河川家族奪取黃金，回到大島之後，他們並沒有再划船回小蘭嶼接白人載珠寶黃金。他們貪念的報應是，不到兩年整個家族幾乎滅絕，只剩一個小男孩存活，那就是你現在的朋友西·馬斯卡的父親夏本·馬飛狐他的曾祖父。最後父親跟我說，不是你努力獲得來的東西，你不可以拿走。迄今，河川家族在我的部落已經滅絕了，我那個兒時的朋友馬斯卡已經在台灣某處定居，沒有孩子。我三十二歲，從台北回家定居的時候，父親再次把這一則故事跟我說，然後，從屋裡拿出我家的祖傳銀帽[5]，指著一節四公分寬，十二公分長說，這一節銀片就是那個時候，我們的祖父的祖父分到的銀幣，冶銀的證據，你要保存它。然是，我在思索的是，族人冶銀製作的銀帽，如是倒立的錐形器皿，在族人眼裡視之為「財」，但此財富在珠寶店是沒有任何的交易價值。我於是保存起來的是，銀帽是祖先記憶，祭典儀式裡泛靈信仰具體物件。

一九七三年，我從蘭嶼國中畢業，在該年的六月二十幾號，與十六位的男女同學準備坐鐵殼船，破浪到台灣的台東市應考，同時在海上漁撈飛魚的季節剛結束，父母親為了我即將去台灣考試，為了我的跨海遠行，那天早晨父親宰了一頭小乳豬，以及豐腴的芋頭作為我人生頭回跨海遠行的儀式食物。同時父親把銜接成九層銀片，似是漏斗型的銀帽做出讓我在頭頂上戴的樣子，然後再把藍黃串珠、金箔片披戴在我在頸

---

4 這個天然的洞穴還存在，現在成為羊群的家屋了。

5 達悟族，每一家幾乎都有自己家人的銀帽，是我們傳統上任何一是都必須展示的，我是獨子，繼承家父的傳統財物。

上，說：「這些就是你的財產，我的獨子，願你如磐石巨岩般的結實、健康。」奇怪的事情是，父母親的嘴裡，不曾說過「上帝保佑」等的天主教口頭語。我的父母親、大伯，以及我的小叔公，他們本來就計畫不讓我去念國中，他們的說法說，我念了漢人的書以後，我的靈魂也會被漢化，變成漢人，同時也說漢人很壞，砍我們種的樹，偷我們種的地瓜，拿槍搶我們的土地，這是他們在二次戰後與漢人接觸之後的感想，我個人不能否認他們初始的判斷，因為那些都是事實，我也親眼目睹過，但是我肯定的認為，如果我有機會考上高中的話，絕對不可能變壞。當時是我表哥吉吉米特、朋友馬斯卡、沙浪，他們硬把我從父母親的兩雙手搶走，拉我去念國中。然而，那一年我們國中畢業後的幾天，吉吉米特與馬斯卡、沙浪，他們都不喜歡看漢字，更不想念書繼續升學，而是去了台東職訓中心學習某種出社會以後的技能，吉吉米特學習修復汽車引擎，馬士卡、沙浪學習水電工，卡斯學習沖床。他們說，這些工作很快就會賺到錢。

父親不時的在我耳根說：「留下來，我們一起造船，孩子。」說了一夜，說了整個早晨，我始終是沉默以對，也不為所動。奇異的是，那一夜，我再次的看見一艘單桅帆船在海中航行，這個幻象跟我在小時候消失一天一夜所夢見的船身幻影完全一樣；不同的是，進入華語學校前，幻象看見的一艘是罹難的帆船，此時的一艘是航行中的木製單桅帆船。然而那個帆船影像航向蘭嶼島的東方，而非台灣。我沒有別的想像，只是很單純的要離開小島，去台灣看看另類的世界，接替日本人殖民我民族的漢族社會，而考上高中就是自己決定我人生的第一小步，如兵卒越過巴士海峽（楚河漢界）的初始的夢想。其實，我為什麼要去台東考試，我不知道，也沒有人鼓勵我，只想著離開蘭嶼，從那一次的消失起就一直縈繞在心海，像每隔半個月的月亮，會隱沒，而後浮升，帆船是不是要帶走我的夢，抑或是滅絕我的理想。離開我吃魚長大的島嶼，或許，繼續吃魚，留在小島，就像學校老師說的，沒有前途，繼續成為他們漢人說我們是落伍的番人，野蠻民族的生活節奏。然而我的內心底層，前途光明也不是我追求的，因為光明天天有，如陽光，如月亮，當學校老師更不是我一出生就要的夢想，那也不見得是一件很光明的職業。我偶爾幻想，前途就像海平線那樣的近，但到達不了，當老師，我個人非常厭惡天天說著不是自己想說的話、想教的課文，那是一件最為痛苦的差事。我早就有了那種預感了，雖然我當時還只是個青澀、憂鬱、寡歡的少男。當然，我看島上的警察、軍人等等的，總覺得他們的樣子有點笨，他們所穿的衣服讓我身體很不舒服，工作的內容我更不感興趣，好像要讓一條蛇在沙灘上移動走直線，那般的困難。腦海一片朦朧迷霧，父母親勸阻話語在我耳根，句句似是針頭刺痛我的眼珠，彼時腦海浮現了世界地圖，幻想著奔馳於大海上，拒絕鵬程萬里、前程似錦的語言背後的假象。

蘭嶼輪啟航開往台東的時間是在早上的九點鐘左右。走在石礫的路上，感覺六月的陽光就像頭上的燈泡那樣近。我的部落離碼頭很遠，那時我們島嶼沒有公車，只有漢人才有機車，軍人才有汽車開的時代，漢人夜間用煤油燈、蠟燭，我們用柴薪當燈，那是我們幾乎沒有現代化器皿的年代，除了鋁鍋外，我們也沒有郵局的存款簿。我們是落伍的島嶼民族，我們移動的工具只有雙腳，我與父母只會說達悟語，我們的語言只參差幾個日語的單字，這一路上走著走著，走到碼頭得要花上一個小時。然而，爸爸勸阻我去台灣說的話語是有影像的，更是我熟悉的島嶼海洋的世界，他的口才非常的好，非常會說故事，而媽媽只會用毛巾擦拭淚痕。

齊格瓦，我的獨生子，你應該還記得，你進華語學校的第二年暑假，我們從部落的灘頭划船出發，你說，你想跟爸爸在海上划船是你最大的願望，你渴望你自己是部落裡的小男孩最先在海上划船的小孩，這也是父親心海裡的願望，早一點在海上乘船獵魚就是早一點進入海上浮動的世界。媽媽讚美你，說你在海上是早熟的孩子。那一天，我划船，你坐在船尾，你在海上一直觀賞著沿岸的礁岩地景，那是你人生的第一次從海上看島嶼的形貌，你應該很清楚你當時的感受。我們在海上，爸爸很認真的跟你敘述每一個海岸線地名地景的典故，或是故事，那些就是我們民族的海洋文學。爸爸內心裡非常的高興你小時候就接受我們的故事（漢族打打殺殺的歷史我非常厭惡，視人的生命價值如敝屣），每當我們划過一個地名，爸爸就跟你敘述那區域的海底礁岩區的地形，那兒的魚種，那是你最感興趣聽的，從那時候起，爸爸就知道你對海洋的波動興趣濃厚。

那一天，爸爸特別在拉威娜[6]的海上停止划船。我跟你大伯潛水的時候，以簡易的自製魚槍、兩條我們切割的軍車的內胎、一根軍營圍籬牛隻的鐵絲做工具，鐵絲的前端我們做了倒鉤，末端也是一個倒鉤，鑿一個孔，讓內胎橡皮可以把鐵鏢彈射出去。我們頭上套著木頭自製的玻璃水鏡（雜貨店有賣，我們沒錢買），那只水鏡就是你經常戴去海裡游泳的那一只。我與你大伯從日本殖民時期就是部落裡頂級的徒手潛水伕，海裡的魚類根本就不怕人，我們要射多少尾的魚就有多少。

6 地名，族人在海洋上獵魚的座標地名。

那時有一尾跟我手臂伸展長度一樣大的金線梭魚[7]就在你大伯身邊，那是可以用手觸摸的距離，你大伯笑著說，要不要射，我毫不猶豫的瞄準大魚鰓後的鰭翼，按起魚槍的鐵栓，魚鏢瞬間穿進大魚的胸鰭，大魚瞬間脫逃的爆發力，即刻奪走我手上的魚槍，迅速往深海、外海逃命，我一時嚇呆了，慌張之下魚槍被奪走。那時候是島嶼的秋季，涼意很濃，我們早上在山裡伐木，午後去海裡找食物，潛水射魚是為了生活，我們只穿著一條丁字褲，靠手掌、靠腳掌游泳，那時候正是我與你大伯體能的巔峰期，身體最堅實的年紀，即使我們沒有衣服禦寒，但在秋冬季節我們可以在海裡游泳半天，而不需要上岸生火取暖。但是，大魚奪走我的魚槍，那是我們在海裡必備的生存工具，失去了魚槍，就像失去了養家餬口的一隻大腿似的。爸爸思索，魚就算游得遠潛得深，牠終究會失血過多，體力耗盡，尤其我瞄準魚的胸鰭，靠近牠的心臟，牠會心律不整，提早衰竭，雖然海洋是魚類的世界，但我們兄弟倆一直盯著大魚在水世界裡游走的方向，牠那潔淨的銀白鱗片，讓我們不會失去牠在海裡的銀光。牠一直往外海游，深度保持在二十公尺上下，我知道，牠深受重傷，況且爸爸的魚槍還在牠的胸鰭內，任牠如何的強壯，牠的心臟也會承受不了海水的壓力的，以及失血的危機，當然，我與你大伯，在我們的瞬間信仰就知道，預感，這尾大魚是我們的。

午後的陽光，算來已是部落婦女餵豬的時段[8]，陽光並沒有穿透灰色雲層，然而風影不時掃過我們游過的海面，我們已經習慣了那種氣象，頭顱入海憋氣，一出呼吸，如是田蛙的游姿。我們的頭部仍會感受到風的涼意，追逐牠，並沒有讓我們的體力耗盡，至少我們還可以在深邃的海裡看見銀白的魚身，這是牠美麗身影，在我們的水鏡眼裡也成為牠最美麗的弱點，讓我們在汪洋深海減少了恐懼。牠漸漸像一朵沒有方向飄移的白雲的時候，爸爸知道那一刻是牠的末日，我若是抓不到那支獵魚的魚槍的話，牠將成為深海世界裡許多魚類的晚宴，我抓到，金線梭魚將成為我與你大伯的海洋文學，每一年會重複的敘述，也會為這條魚作詞譜曲的吟唱，這是那尾大魚的命運，牠在海裡死亡，只是腐屍，不被歌頌，在陸地上，我們會讚美牠，這是牠身為大魚，高級魚類的差別待遇，孩子，你知道，這是我們海洋民族對大魚的禮讚，而你也從小就吃我們獵捕的大魚，想來你也數不清楚吃了多少魚。於是我立刻的用我體內野蠻的體能，使力用雙手掌、雙腳掌像白鰭海鷗衝入海裡，海裡的水壓強度，在那一刻已經不是阻擾我身體抓住

7 Awu，金線梭魚。

8 約莫是下午的四點前，餵豬是島上婦女的工作。

魚槍大魚的大障礙。深潛的同時，我也不得不忍受海水壓力擠壓我眼鏡眼睛的那種痛，但是，當我一想到牠將是我們家族讚美的對象，家族和諧凝聚的食物的時候，那怕是五十公尺深，我也要抓住牠，當時我如此驕傲的想。很深很深，但我不知道雙手挖了多少重的海水，腳掌踢了多大的海水，一心一命就是要抓住那條魚。

在沒有礁石作為視覺判斷的深海裡，漆黑的海根本就是恐懼的營造者，幸好銀白的鱗片魚身提供給我在深海裡的氧氣，以及勇氣，水鏡裡的眼珠被海水壓力擠壓就要爆破似的時候，我讓身體在海裡平衡，將頭上腳下的身體平壓，瞬間身體即刻舒服，彼時大魚失血得已經沒有力氣，在我身邊擺擺尾巴，做最後的掙扎。水世界，漆黑的水世界，我一口氣潛入海裡，沒有蛙鞋，只有一顆心臟怦怦然的跳動，我忍住憋氣，就在我的理智還剩一絲清醒的那一剎那，我即刻抓住魚槍木柄，開始頭上腳下，如田蛙似的運用腳掌浮升，我感受到我的肺部只剩一滴水似的氣，就在腳掌拍兩下的時候，你的大伯在水中立刻接著魚槍，讓我可以輕鬆慢慢浮升。這一幕，你大伯後來形容，我們像剛孵化的小烏龜，竭盡四腳之力挖砂，突破沙塵找空氣呼吸，爾後拚命的往海水拍打沙岸的方向衝，找海洋的氧氣呼吸。浮出海面，哇！……許多嘆氣聲，那是我們深潛的驚嘆聲，讚嘆我們從深海裡浮出海面再生的英勇氣宇的讚嘆聲。當我們抱住大魚的剎那間，感覺不是重生的美好，而是大魚可以凝聚家族的團聚，與親友們的分享，然後創作詩歌，描述我們當時的心情，描述魚身的親切，描述深海世界對潛水伕的善良，描述我們深潛的級數，以及我們日後對大海，只有深愛的情愫的證據。感激你的祖母給我們兄弟倆一具強健的體質。

父親的故事非常好聽，不知不覺的一個小時的腳程，我們已來到了，我自認為是，我命運拐彎曲折的到大島闖，抑或是筆直平坦無奇的在小島過平安的生活的轉驛站，一種繼承父親他們那個世代的山與海的民族生活，一種是新的學習，或者是被欺騙的人生方向。如今，碼頭，當下就是決定性的抉擇，出島，或留島。猶豫、親情、眼淚、茫然，如颱風浪濤攪混著我依然還在迷糊的青少年想像，孰輕孰重，參雜著不可估量，不可預期的未來想像。

「你非得去台灣嗎？」父親也處於茫然，獨子即將離棄，他很無奈，隱藏哽咽。父親曾經是一九五〇年代，國民黨官派的村長。父親在我出生之後，因為「村長」之故，也是蔣介石的黨、國軍駐紮的邊疆地區必須收編的人員。村長領薪身分階級除外，當然必定是國民黨黨員，換言之，二次戰後，以美國為首的資本主義國家，他們在全球「殖民」的邊緣民族中的被殖民者的部落之意見領袖，皆收編為國家的受薪階級作為傳達政令的人員。父親因此經常有機會乘坐十幾個小時的漁船到台東市鎮接受蔣介石的黨國，馴化「生番」，「神格化」老蔣的會議，所以父親認為，台東鎮比蘭嶼文明化許多。譬如汽車，父親經常跟我說「汽車」沒有眼睛，會撞死我們，因為我們的靈魂不是誕生於台灣，所以台灣人很壞。還有，學校老師教你華語，也教你忘記我們的語言。孩子，台灣人很壞，他們會教壞你……，還有那位白人神父，如果你在台東念書，他會培養你當神父，萬一你做了神父，那我們家族就滅亡了。還有，你去台灣念書，將來也要當蔣總統的軍人，軍人的工作就是殺人，以及被殺。兒子，爸爸不希望你當老師、當神父、當軍人……，你就留下來跟我造船、捕魚、開墾水芋田、把我們的民族史口述給我們的後代……我當時十六歲，沒有一句父親的話，是我想聽的；然是，在我內心深處，那些「職業」根本就不是我想追求的，遺憾的是，我不知道如何回應父親的話。因為，在達悟語，沒有「追求理想」的這句話，說不出「理想」的詞意，在華語，我也不知道「理想」的意義，只知道，「理想」還在我的夢魂裡神遊。

「鐵殼船」就靠在人工造作的「碼頭」，被前來的全副驅魔武裝，要嚇阻去台灣念海陸空士官學校的同學們的那些族人圍住，他們的話語圍繞在鐵殼船的速度，以及

「船隻」帶來的多元物資、帶走的島嶼青少年在未來思維不可預測的問題上。四十幾位漆黑的膚色，頭頂戴著藤製的帽，我聽著他們對我們這個世代的慌恐，從語言的、從造船的、從祭典儀式的……等等的遺忘而擔憂不已，我忽然也開始擔憂我自己。彷彿不同世代如我們同時可以感受到新興的客貨輪船每一次的來到小島，就將產生每一次的擔憂，只是我們好像也不甚清楚我們的擔憂是什麼。就如我父親，我真的不理解他擔憂我什麼，然而，我自己擔憂的一件事是，我留在小島傳承父親的，或是民族的傳統知識、生活模式，我將是學校老師說的「井底之蛙」、或者是「夜郎自大」，即使在華語學校成績比我不好的同學，他若是去了台灣工作，我肯定他的現代性的常識勝過我如海洋，在人生的航海上，我必是輸家。我不能因為父親的話，「台灣人很壞」，就不去台灣念書，或是工作。

這些前輩們擔憂的是，我們這個世代的人被「馴化」成漢人思維，被徹底改造為漢人，這些人就不是他們眼裡視角的達悟人了，在達悟語來說，就是被滅族的意義。

我也擔憂自己被改造為漢人，父母親眼裡的「壞人」的模樣。正在上升的太陽像是從天空灑了一盆熱氣給我們，海水蒸發的熱氣，水泥地上蒸發的熱氣，陽光也正在蒸發我們體內的水氣，我問自己，為何父親眼裡的漢人是壞人呢？他是如何定義？

我的部落住著一些做生意的漢人，以及少數的國民黨蘭嶼鄉黨部的黨員，這些漢人有的會說達悟語，會說日語，父親就歸類為「好人」，反之則是壞人，於是父親是自私的，不讓我遠走高飛。

「希望你可以考上台東中學。」廖老師很肯定的說，彷彿未來真的是有希望未來似的。山胞生的成績總分，蔣介石軍政府德政說，加二十五分，你會考上的。若是真的，你必須感激蔣介石總統。我不知道，我骨子裡的基因很厭惡軍人、政客，所以廖老師說了這句話之後，我內心的感受是，我被欺負，很不舒服。

啟程去台灣的碼頭，台東縣政府起的名字，稱之「開元港」，這個名字是什麼意義，同學們沒有一個人知道原委，就像「蘭嶼」，我們也不知道這個名字的意義，但我們知道，都是漢人官員給的名字。假如我的理解，我可以如此說了的話，其實「開元港」的意義，應該就是開發蘭嶼，發展蘭嶼的落後文明吧。此刻，只是心情苦悶的回想著，我家族的前輩們，從我進小學起就沒有一個人贊成我去學校念漢人的書，其實我的意願也不高，只是大家都要去念漢人政府開的學校，學校其實也不管你是笨，還是聰明，去學校就是正確的光明之路，並且，我壓根兒也不計較成績。但很奇妙的是，那艘單桅杆的帆船的幻象，彷彿一直指引我，用某種不具體的夢想理想引誘我離開祖島，也許，那是一道最脆弱的理想；海平線在眼前，但是世界上沒有一個人會告訴我，「海平線」其實就是我自己。走多遠，海平線就有多遠。六月天，小島的天氣，海神彷彿清除了天空的雲彩，看得見海平線，台灣的南端看得更清晰，海平線沒有距離感，島嶼與島嶼有距離的數字，那個數字是海里，必須坐船、開船才能抵達彼岸，我以為，這就是島嶼的意義。幾個小時之後，我們這群小毛頭，將展開各自的人生，我想也是上帝開始營造我們同學之間邁進漢族社會以後，我們也將在不平等的三年的學生生涯開始，假如我們都考上中學、職業學校的話，是誰的耐力耐性耐心，沉得住氣，就是各自紛飛的結果了，這個是我這民族初旅移動，循著被馴化道路的結果，要花四十年的島嶼學子前仆後繼的時間，才可窺出被馴化、漢化的軌跡。

「媽，我要上台灣人的船了，我會寫信給你們。」（雖然你們看不懂漢字，我也寫不出來讓你和父親看得懂的文字，外來的文字就是改變我們自己的世界觀。）

鐵殼船終於按了啟航的喇叭音，船尾三片如我身體大的銅製螺旋葉片如颱風習性的逆向倒退，順向前進的旋轉，讓船體漸漸離開陸地……此刻父親的木船如是海上精靈，輕巧而具有人性初民創作的藝術品，鐵殼船如是水世界裡的噪音製造者，迷惑我未來民族的病原體。

「孩子，你現在還有機會跳船下來，孩子……」媽媽哭喊的說。

鐵殼船剛離岸數十秒，那個距離，我真的有能力跳下船，擁抱媽媽，但我拒絕了媽媽的眼淚，她挽留我的策略。

「爸！媽！我真的要離開你們。」我說在心海。

「你去了台灣，肯定是不會抓魚養家的男人。」父親像是吶喊似的，乞求我不要離棄他們。

「我就是那艘帆船」，我哭著說在內心深處。離開去追逐我的夢想，假如有前途的話，我也追逐前途。實際上，對於我們這群海洋之子，我們真的不理解，什麼是前途。但我們知道，我們島嶼新來的賀神父跟我們說過，考上高中、職校者，他會繼續募款資助我們，繼承草創蘭嶼島上各教堂的紀神父的願望，「讓島嶼有自己的知識分子」，現在的賀神父，他們皆隸屬於白冷會教派，我們聽說的。當然，我們同學中也沒有一位理解什麼是白冷會教派。

因為我們都是第一次離開祖島，碼頭邊的水泥地，盡是前來送行的親友們，爸媽，還有同學們的來送行的父母親，他們穿戴著傳統武士驅除惡靈的，如我兒時看到那樣的裝扮，每一個男士手中皆握著被柴煙燻黑的木柄長矛，數排的沿著輪船的長度，迷惘的看我們的離去，他們的神情難以言喻，是送行，抑或是不捨，混雜著初民部族對大島台灣一切的茫然，如是心脈隨著海浪拍擊水泥沿岸的律動，時升時沉。乍看，他們集體性的臉部表情，多了許多無奈。學校裡的漢人老師，是族人尊重的職業身分，如同外國來的神父一樣。小島的青少年之遠走，或著留下，這一刻，這個一九七〇年代是個關鍵點。留下來陪父母親，或者遠走自尋夢想，是我父母親，他們那個世代的孝順與不孝順的線性基調。一群膚色黑黑的長輩們怒視著我們的上船，彷彿被漢族文化馴化是一件可悲的事。先前的五月初，我的一群男同學，約莫十五人，不要升學，說是要去念軍校、士官學校，陸海空都有，包括我要好的童年夥伴，吉吉米特、卡斯瓦勒、沙浪皆報考海軍士校，加拉茂報考空軍通校，其餘的是陸軍士校。然而，輪船就在九點起航之前，三個部落裡的長老們穿著驅魔的傳統武裝，黑色長矛，集體堵住報考軍校的同學們上船的通道，我陪著想去念軍校的同學們走向碼頭，我們眼看船邊盡是穿著驅魔武裝的族人，此景在我眼中，就像是兒時的記憶裡驅除惡靈的態勢，很是驚人，彷彿所謂的現代漢人還被族人歧視，島嶼主人的主體姿態凌駕於漢人，各個如是憤怒的土狗，露出犬齒，對十幾位前來迎接念軍校的同學們的台灣軍官們，高聲的吶喊道：「馬勒葛必[9]，刺死你，誰敢帶走我們的小孩，刺死你……」

9 從老兵學來的話，好像是罵人的意思。

「別帶走我們的孩子，軍人的工作是，殺人、殺人，我們不殺人……」

我同學們一群人，由廖老師帶隊走，走向碼頭，漸漸逼近穿著驅魔武裝的族人的時候，有些同學開始懼怕，有些同學為了將來可以吃米飯的職業而自信地繼續跟隨廖老師。卡斯、米特、沙浪是紅頭部落的青少年，七、八位是椰油部落的同學，也就是碼頭所在的部落。同學全部穿著拖鞋，衣服全是汗水，濕透了。他們後來站在那些軍官、士兵們的後面。我則站在走向燈塔的階梯上，居高臨下的觀看族人、漢人混珠的「轉變」交替。感受到了，「碼頭」在未來歲月扮演的歷史角色。也許，外來物資進來得愈來愈多，我們族人對外的依賴就愈來愈深，人格就將愈來愈卑微。我如此幻想，內心同時也浮現出那種預感。

同學們的茫然，我看得出來，聽老師說過，只要兩年就可以下部隊，也就是可以領軍中的薪水了，對家裡的現代化的需求是有幫助的。「兩年、兩年」，就有薪水可以領。卡斯瓦勒、吉吉米特，他倆一心一致的就是想當海軍，想改變家裡的經濟狀況。其次，前來碼頭阻擋他們去念軍校的族人都是椰油部落的長輩。

一位同學的祖父，也是蘭嶼二度被異族軍權統治後的第二任的官派鄉長Syapen. Wulungen，他高舉著長矛走向十幾位的同學面前，對著他唯一長孫，以及所有的族人，睜大眼珠憤怒道：

「你們要不要聽我的話……」（達悟語）

「我就是嚇阻蔣總統前來我們島嶼募兵的人，你們這些外來的魔鬼，有誰敢帶走我們孩子去台灣當兵的，我就刺死他，我就刺死他……」

Syapen Wulungen道出了他們那個世代，對台灣軍政府的不信任，對軍人身分的厭惡，他對台灣軍人吐痰。那些軍官、士兵固然聽不懂老人口中憤怒的語言，但他們知道那老人是憤怒的，至於是「他」嚇阻蔣介石前來我們島嶼募兵的這件事，他們也曾經從老兵口中聽說過，知道這一號人物。

Syapen Wulungen身高不及一六五公分，他的膚色也如同前來攔截我那些想去吃米飯想去當兵的同學們一樣，穿著丁字褲的，全是被太陽均衡的漆成深咖啡色的膚色。當他一搖晃手中的長矛，全身的肌理線條就如我們眼前的波浪浪紋一樣徹底的清晰，半斤贅肉也沒有。雙掌的十隻手指，腳板的十隻腳趾彷彿是那些軍人們的兩倍大。然是，這些漢族軍人很難理解這個島嶼的老人怨恨軍人的理由，就像我的父親一樣，他從日本人類學者聽說過的，中國大陸的共產黨與台灣的國民黨是相互殺戮的「黨」，把殺死對方視為天經地義的事，各自視對方的命如鼠，等同的難以理解其間的，國共之間的怨恨。

Syapen Wulungen再次的對那些軍人怒吼：

「殺人那麼好嗎？你殺你自己看看，會不會痛。」說完，他便走向他唯一的孫子面前，以及跟我們那些同學們說：走吧！走吧！回家，回家。同學們沒有人敢吭一句話，便把塑膠袋行囊揹起來慢慢的心有不甘的調頭走回學校。彼時，廖老師如是被槍柄擊昏似的，表現出不知所措的眼神。於是猴急地問我們班長：

「怎麼啦！」

「不去台灣當兵了，他們。」也許，太陽的酷熱，讓廖老師昏頭轉向的摸不著頭緒，敗興的跟我們走回學校。

「我們民族不殺人，」班長回覆道。

「唉！去當兵，又不是去殺人……。」

然而，就在這個時候，陸軍官校的一位少尉軍官，高分貝的吶喊道：

「同學們留步，」接著又吶喊道：「國家需要你們，報效國家。」

這些話，我們好像聽不太懂它的意義，畢竟，當我們還是國校生時，我們不知道舉手「中華民國萬歲，蔣總統萬歲」，呼口號「反共抗俄、殺朱拔毛、消滅共匪」等語，喊了幾萬遍，於是少尉的話，我們很快的就無感了。就如Syapen Wulungen說過的，「共產黨、國民黨」的戰爭與我們達悟人一點關係都沒有。同學們繼續走回頭路，況且持著長矛槍的那些前輩就在同學們的身後，沒有人敢留步。或許同學和軍官兩方，他們心裡頭可能都留下遺憾，或者失落吧。

土著族如我們，離開了水泥鋪成的碼頭，踏上了石礫的公路，豔陽下的西南季風，夾著海洋的鹹濕度吹向陸地，吹向我們這群人的身影，這一幕孰贏孰輸沒有定論。我們這些當年應屆的畢業生，也是我們島嶼民族近代史被異族殖民之後的第一代可以用華語與漢人溝通者，畢業之後，我們面對的未來如眼前的大海般的，無邊界的茫然，彷彿青春之後的人生開始萌生「迷向」的無奈感。或許那些老人像是戰勝者，但也或許他們未來看不到我們的失敗，或者這群同學在未來的失落吧。回學校的石子路上，揚起拖鞋掃地的塵灰，我們的身後，那群漆黑膚色的武士揚起喜悅的嘴角，好似宣示，他們戰勝了台灣來的軍隊，嘰哩呱啦的吵雜聲的背後，在數十年以後，這個事件，將被繼續來的客輪，愈來愈頻繁的飛機淹沒成不被民族歷史記憶記載的史事。眾人不時的讚美Syapen Wulungen的勇敢，以及過人的膽識，不畏懼漢族軍人的槍桿子。歡笑陪我們走著，青春期的學子卻是浮現迷向的徬徨樣。

然而，廖老師卻從另一視角的觀點跟我們說，你們的前輩們真是傻瓜蛋，當兵是曬曬太陽，家裡就有米飯，就有薪水，這是你們變成文明人最快的捷徑，唉呀，你們的老人真是個大笨蛋。久久久之後，我們真的好像被老師說成真的像是一群笨蛋，並且讓我們感受到，我們民族是多麼落後的，多麼的野蠻，內心萌生起了對自己民族是落後的，他的失望，讓我們感到羞恥。

被阻擋去台灣讀軍校的那些同學們，各個皆垂頭喪氣地回到學校。「軍校」，成與不成，想來對於我這些同學們的人生必有絕對大的影響的，就如老師說過的，山地人去念了軍校，當了軍人，會比較像人。當下的同學們，比較「像人」的想像已隨風而去了，也是一場空歡喜，想成為軍人退休之後，退伍津貼的富裕的想像也成泡影了。廖老師壓根兒就是難以理解，為什麼島上的耆老厭惡當兵、當軍人，他認為，當中華民國的兵是國民應盡的義務，況且蘭嶼達悟人的落後，孩子去念軍校是最可以直接改變家庭的「經濟」，也是改造青少年思想最佳的時機。我們國三的那一學期，從高雄來蘭嶼招收學生的陸軍官校的學生們，他們在我這一屆的蘭中卻是失敗了。

李盛春是我這一屆年紀最大的同學，一九五一年生，我是一九五七年的，所以他國中畢業的時候，已經二十二歲了（在台灣是大學畢業了）。他最想學的技術是海軍的「輪機」，他認為學好這門技術，很實在，最起碼的願望是做個蘭嶼輪的輪機長，最大的願望是退伍之後就可以海闊天空，跟隨遠洋漁船在大洋洲的海上無拘無束地奔馳，當個輪機長。

「齊格瓦（我兒時的族名），Syapen Wulungen很讓我生氣，很想打死他。他針對他的孫子不念軍校就好了，為何把我們一起堵住不去軍校念書呢？你說，對不對，真讓人討厭。」

「下班船，你可以自己去高雄海軍士校報名啊。」我回道。

「嗯……，是啊，可是我認識的漢字很少呢？」

幾乎，我那些想去念軍校的同學們，除去識字少，不寫漢字外，他們在學校也幾乎不說「國語」。認為去了軍校，說國語的機會就多，都是去學一門技能，而非去念一張文憑。部落的耆老不能理解念軍校，以及當兵的差異，那時我是非常的同情那些同學們。

至於廖老師，我個人不知道他的熱情真情是不是真的。六月天的蘭嶼氣候是非常穩定的，同時蘭嶼輔導委員會的下屬「蘭嶼指揮部」，正需要大興土木，在各個海岸線築起海防班哨，一星期就有兩個船班，所以廖老師說服了李盛春的父母親，最後他和一位同學（後來念空軍通校）順利的去了台灣念軍校。然而，不到兩個星期，李盛春被遣回蘭嶼來了，我問他：

「為什麼又回來了呢？」

「軍人教我寫我的『自傳』，我不會寫『自傳』，然後又看不懂書上的漢字，所以就被遣送回來了。」

於是我們這個世代的達悟人，開始起了對自身前程的憂心漣漪，這是不是漢人帶來的憂慮，抑或是現代化帶來的多重文明呢？學校老師，只負責學校課程的教學，並沒有義務做同學們的心理諮商師。蘭嶼島沒有高中部的學校，蘭嶼國中，我們是第二屆，學校之軟硬體之設施正在籌設。紀神父培育的蘭嶼學生，還在台東、屏東念書，我們無法得知他們在外地求學的辛酸與難題。我因而憂慮了起來，在六月天的季節，吃的除了飛魚外，地瓜外，家裡的食物也只有這些，於是學校米飯變得格外的讓我們珍惜。我想，我們也開始被米飯、中華料理的食物征服了。同學們不時的說出，漢人的食物料理比較好吃，這或許也是我們民族未來的隱憂吧！「食物的戰爭」我想。

鐵殼船終於即將開往台灣，台東的加路蘭港，小男孩齊格瓦終於要離開他從小吃魚長大的島嶼了，我在心裡說著，那是我的第一個夢想，遠離祖島，實現了。父親在這個時候，從媽媽的檳榔袋取出一樣東西，是父親結成的麻繩，串上三顆藍色的珠子，在中間的珠子下也綁上一個小型的，他用軍用貨車內胎製作成的船身的「人形紋[10]」，繫在我瘦瘦的頸子。父親說了一句話，「願你的未來如磐石般的結實」，這句話，我祖父也跟我說過，是最完美的祝福詞。因為我家族的關係，因為從小喜歡聽祖父們聊天，相關於我民族的種種之祝禱語彙，我特別的喜歡聽，喜歡背誦，那些祈福、納福禱詞，其實就是一首詩，那些詩句往往附加些生態植物、海洋生物、天候氣象等等；又如「願你像是雨過天晴的燕子般的輕盈」，這句話的意義是，祝福你身體健康，輕盈如燕。所以父親把這個頸鍊繫上我的頸子的時候，我其實已經無語地淚流滿面了。其次，西太平洋的巴士海峽的民族記憶，只跟菲律賓有記憶，跟台灣沒有民族的回憶，於是zakzaka就是我與父母親，彼此思念的溜索[11]。

島嶼的六月天的大海是湛藍清澈的，我們天天與這樣的海洋色澤、島嶼節氣朝夕相處，那已經是我們血液裡的生活元素，於是早已不稀奇如此之景致。然而，鐵殼船之船速固然勝過我們木船千倍，可是汽油味、搖晃，以及船艙的惡臭，還有熱情的炙熱陽光是八到九小時航程的「敵人」。

我部落裡的好夥伴都已經在台東職訓中心學習技藝了，在飄盪的航程中的一小時以後，所有的男女同學開始嘔吐，開始暈船，包括帶領我們去台東應考的廖老師在內。他來自苗栗的客家人，高雄師院畢業，我們國三時的英文教師。我們一起坐在船頭，他一件原來用來遮陽的外套，一小時以後，成了他嘔吐胃內穢物之容器，他側身

---

10 船身人形紋，我們稱之taotawu，頸鍊稱之zakzaka。作為我在台灣避邪趨吉的護身符。

11 溜索是無數的鋼絲線結成的繩索，是台灣東部，林務局伐木、盜木運柴的繩索，在此的意義是，思念的繩索。

躺著，像一具漂流木，滾輪似的隨波浪折騰，我能做的，只是拍拍他的肩背。他，其實可以乘坐飛機飛台東，也許他的責任是帶領我們去台東考試吧。在海上，三級浪是善良的波濤，是平浪的，然而人類習慣了陸地上的「平穩」，一時之間人體、視覺、感官適應左右前後搖盪劇烈的鐵殼船是件難事，於是嘔吐的慘叫聲，是淒厲的，慘不忍聽。最為悽慘的是一群回台灣「移監」的囚犯。從我個人的理解，也是親眼目睹的，從台灣來蘭嶼的囚犯身體樣貌皆是白白嫩嫩的，在我眼裡，真是「不堪一擊」，然是，在蘭嶼服勞役數年以後，他們不僅變得暗黑結實，同時也健美了許多，至於否有變得善良，我不知道。我與同學們，其實從小就是與監獄的犯人同時成長，幾乎天天遇見他們出來修補石子路，敲擊礁石造路，風吹雨打，豔陽酷熱，不曾停止勞役過，身體肌理自然被修煉成結實健美。我們小小的島嶼，台灣政府蓋了四所監獄，十多個從我們族人土地霸占得來小型農場。我們走到哪兒，都有囚犯在服勞役的身影。此刻，他們的雙腳雙手皆是鐐銬，坐在船艙裡的簡陋椅子，我斜視著這幫人的行為、儀態、氣質，我便稍稍體會出父母親眼裡的這幫漢人，還真的是「壞人」，他們就是怕我去了台灣變成這幫人的模樣，無論如何，父母親的想像也是事實，我如斯想像。兩位少尉軍官燙整的軍衣，筆挺的身材，也坐在船艙內某處，監控囚犯們的鷹眼，是肅穆的，也是緊張的神情，看得出他們才不過是三十歲上下的年紀，模樣顯得青澀，在極為晃蕩、龜速的航程中，全數嘔吐。軍官與囚犯被波浪的顛簸折騰，除去囚衣、軍服的階級屬性外，他們都說閩南語，對話中顯露出同文同宗的親切感。腳鐐是一具殘忍符碼，人類歷史自有鐵器以來，鐐銬也同時產出，可以想像出人類聚居之後，社會裡的「敗類」也開始產出。此刻，他們的腳鐐下盡是嘔吐的穢物，艙內瀰漫穢氣，讓船艙內之氣味如茅坑似的惡臭，讓人無法忍氣吞嚥。無奈，船艙就是如此，充斥著外來物資遺留的酸氣、霉氣、動物（活豬、活雞）的呼吸、人類的呼吸、柴油味，以及冷氣破舊之後的燜氣，重層的「穢氣」，即使把船隻當作陸地的船長也難承受艙內的雜氣，不得不把門打開，讓風帶著新的海洋空氣循環於艙內。

我們的女同學顧不得自己優美青春少女的稚氣，不顧少女儀態抱肚摀鼻走出艙房，臉色發青，使盡肺活量，強力吸著鹹度濃烈的海風，走向我占位的船頭甲板。說，艙內其臭無底，用力呼吸她們習慣的海洋的風帶來的氣味，喔，舒服了舒服了。而，廖老師此時的樣態，也如是烏龜似的蜷縮的側躺，白襯衫被漆上了甲板上的髒汙，悽慘的說：「我的胃好像有壁虎在游泳，我的頭殼好像是滾動的鉛球，你們自己照顧自己吧。」而後是一臉難喻的苦相。移動的船在海上前進，漲潮與退潮是鐵殼船航行台灣時的順帆，以及阻力；移動的太陽跟著船隻往西移動，在海上六月天的氣象就是少了厚厚的雲彩，有雲在天空，但是那是輕薄的白雲。雖然，廖老師在蘭嶼也天天曬太陽，終究在陸地上可以找到遮陽的陰涼處，來緩和熱脹的體溫。海上的船，艙內比茅坑更巨臭，冒出艙內的臭氣似是一億人口堆積的糞便，對於廖老師，在豔陽下被烘曬，顯然是幸福多了。我注視著他，輕微的暴牙讓他困難闔閉嘴巴，蒼蠅進出自如，面北側躺，書包當枕，嘴角溢出酸性唾液，即使是世上的知性美女，遇到風浪，酷熱時暈船嘔吐，形象也如𡱁屄，之前廖老師走一小時的路三番兩次來我家，說服我父母親同意我去台東應考，我此刻在船上跟自己說，謝謝廖老師，希望自己可以考上，回報他的熱忱，還有回報他此刻暈船的痛苦樣，照顧他。

我們島上自從設置了華語的國民小學以來，幾乎九成五的老師之教學態度是被台東縣政府教育局評定為「不適任教師」，而被流放到蘭嶼來的。但這些老師們的幸福來自於「天高皇帝遠」，過著輕鬆自如的皇帝生活，其次島嶼氣候在秋冬的惡劣，四到五個月的東北季風阻隔了輪船的往返，於是老師們吃的食物便是島嶼的在地食物。同時「老師」的階級在我們當時的島嶼被視為「權威」，握有指揮我們為他們找食物的權柄，如抓田蛙、抓淡水鰻、捕魚、炊火用的乾柴都是由學生們服免費的勞役，他們的惡行權柄似是軍人的槍桿子，我們任老師們擺布。每天一到學校的第一件姿勢，就是向孫中山遺像、蔣中正肖像行三鞠躬禮，這個莫名的「叩頭行禮」，威權威嚇於我們而輾傷了清澈的尊嚴。現在回憶起來，如此之被殖民是威權政經體制下的「奴隸」，撕裂我們幼稚清純的人格發展，讓我們初成長的價值判斷錯亂。考試不及格者更是日日的被體罰，手掌心、手背、臀部、腦袋瓜等等的，學生如我們無一倖免，小學六年學習認識華語文字、屬於漢人常識，每天驚心的處在隨時被體罰的課堂、服義務勞役的過程中度過，難免的，當時我們對於台灣來的、被流放的老師們沒有一位是讓我們信服，或是認同的。

臉色發白的女同學們，在甲板上靠攏黏貼在一起，用深藍色的校服外套包頭遮住炙陽，青春少女們，此時在甲板上，頭昏目眩，令人疼惜。她們也都是為了自己的未來前途，坐上這艘客貨兩用的輪船，出小島到大島應試逐夢。我們從幼稚園開始成為同學，即使她們也是海洋民族之子民，然而達悟女性是被傳統文化保護，不得出海捕魚，不得乘坐拼板船，此時，得先承受這艘客貨輪的試煉，在十六歲的少女青春，人生首回乘坐鐵殼船，燒鑿焚燒等粗重的工作由男人承擔。在我們傳統上，女性也被禁止上木船獵魚船釣，於是乘坐鐵殼船到大島應考，這一趟的航海，當然就是她們人生的第一回，暈船，嘔吐，震盪，柴油味、茅坑味等等的，重重的折磨了她們。她們在船頭的甲板上，我為她們清理小空間，輪機長送來包裹蔬菜用的厚紙箱，給這群女同學當墊子用，這真是最好的待遇，七人擠在一塊兒，「七仙女飄洋過海」，過海後各奔前程，她們沒有一個人知道自己的未來，即使自己有夢想，也往往是真的空想，就像當下的大太陽很快的蒸發她們的夢想。「二〇一八年的今天，我們都六十歲了，也被我說中了，我當時的猜測。」

廖老師，是苗栗來的。有位客家籍的校長在一九七一年八月來到蘭嶼國中任職，廖老師是校長在原校的同事，所以他跟新任校長一起來到蘭嶼，教我們英文。蘭嶼國中成立於一九六九年的八月，我們這群孩子們是蘭中第二屆的學生。然而，從我們進蘭嶼國中的第一天，台灣來的老師，除了也必須乘坐八小時以上輪船的折磨以外，包括多位年輕的女老師們也都經歷過了西太平洋的「驚濤駭浪」。我想說的是，這群台灣籍的新生代的老師們來到蘭嶼執教，幾乎就是以「愛心」為初衷來的，他們的熱情熱誠，後來建立亦師亦友的關係上，讓我們很快的忘記小學六年被歧視、被體罰的痛苦記憶。對於我個人而言，白天上課，晚上點燃蠟燭複習功課，年輕老師們給我們偶有體罰（我們太野了），然而在她（他）們的視野，在他們的愛心，我們必須是被輔導，被覆於危機感。因而，我個人對於這群可敬的老師們，有了新的體悟，新的想像，至少在我國中三年學習華語期間，減少、降緩了被歧視的憤怒之心。還有歌頌大中國主義、「我們」是中國人之類的，侵略我們潔淨的心靈的語言暴力沒有了。我們感到輕鬆了許多。那些「口號」離我們太遠，永遠比我們眼前的海洋潮汐遙遠，也無感。

廖老師三番兩次來我家，說服我的父母親，讓我去台東考高中。他不時的在我耳邊說說鼓勵我去念書的話語，鼓勵我去看看外面的世界。就是到了現在，我已六十餘歲的當下，是廖老師結實了我十歲起就有的夢想，或者是白日夢。此刻，他暈船嚴重，蜷縮在我身邊，沒有了「老師」的威嚴儀態，夾克裡的嘔穢物某個角度是他的責任、他的愛心的代價。

搖晃劇烈的輪船，是因為船體整體設計得不好，就如頭小腳小肚子卻像個籃球，左看前看都說不出美感一樣。然而，在海中承載著不同人生目標的一群人，從小島的角度來看，好似是逃離苦難的一群人，船上的囚犯們，因被腳鐐拴住，集體性的飽受嘔吐穢物瀰漫於船艙之苦，還有我個人不知道的，他們為何犯罪的原委。但我們島民知道，這些囚犯集體的名字，稱之「流氓」。好笑的是，我們這些同學也知道了黑幫，如竹聯幫、四海幫等等的，就是我父母親心中說的「壞人」，我們卻是同條船，誰也料不到的是，其實他們也展現了人性的善良，在嘔吐的過程中，原來好人與壞人是沒有差別的。

我的部落的監獄稱之第十隊，軍營稱之「蘭嶼退除役官兵輔導會」的指揮中心。從我們小學四年級開始，每一年，從九三軍人節開始到十月的三大節日，如十月二十五日說是台灣光復節，我們都要為島上的官兵載歌載舞，娛樂他們，包括囚犯在內。在那些年，最讓我們興奮的事，就是四所監獄的囚犯的籃球比賽，第五隊是島上的公務人員，如學校老師，如鄉公所職員、警員。因此我認識幾位籃球打得很好的外省仔，他們自稱是竹聯幫。即使我上了國中，島上的籃球賽繼續舉辦。在我國中三年級的時候，我身高一百六十二公分，學校老師看我籃球打得好，就帶我參加公務人員隊，彼時就與那幾位竹聯幫的籃球好手相識了。同時，有一位姓陳的竹聯幫分子，在暑假期間天天光顧，當時島上唯一的觀光飯店，稱之蘭嶼別館，在我部落，原來是蘭嶼鄉國民黨鄉黨部的建物財產，移轉給當時的台東縣某位縣議員經營。陳先生在監獄的每天的晚餐後，就散步到蘭嶼別館，而我家就在附近，他就在每一次坐船來的厚厚的《台灣新生報》，某個版面剪下「英語片語」。他跟我說，他是成大外文系畢業的，至於他被移監來蘭嶼是常常「打架」，所以被舉報為「流氓」。長久以來，英語片語在他手上成了厚厚的一疊。他就拿這些片語教我，也幫我解析，我很認真，然而，我國語文太差，不理解何謂是動詞、副詞、及物動詞等，但我很認真背誦。

陳先生就坐上那班船，但他穿上了便服，而非囚衣，說是，他服完了刑期。此刻的他，除去一切都輕鬆外，他也協助軍官們壓犯人到台東。

「你必須記住，摒除雜念，好好考試。」他搖搖晃晃的走到船頭跟我說。但他看我那些暈船的女同學們的眼神，很讓我恐懼，讓我感受到他整個面部表情浮出邪惡的呼吸。

「謝謝，陳先生，」我說。彷彿他跟我說的那句話的背後，潛藏著我們在國中時期所念的，「漢族是父系社會」對女性的歧視，性奴役的幻想。

他扶著沾滿海鹽的鐵柱觀看讓船隻浮升浮沉的大海波動。船已經開了兩小時，我們的島嶼還在我們眼前，還很清晰。他看看腕錶，從背包拿出了一頂鴨舌帽，戴在頭上，又取出了一副金邊的Ray Ban的太陽眼鏡。燙平的白襯衫，牛仔褲，以及一雙黑色球鞋，也許他的人生還在波動吧，我想，否則已四十歲的他，應該是像我們中學的這些老師們，為了家庭妻小來蘭嶼，這個偏鄉教書，省吃儉用才是。他從口袋取出黃色菸盒的長壽菸，叼在嘴裡；難道這模樣，就是廖老師所說的「黑社會幫派分子」的打扮嗎？我跟他距離是如此貼近，船隻不斷的搖晃，他卻像是個老水手似的，隨著船身平衡身體，此時他再次的看看我，遲了一會兒說：

「廖老師暈船啦？」我點點頭。他繼續說：

「我是成大外文系畢業的，我四年級，廖老師一年級，他是我學弟，翻譯社社長……」喔，我說。我心裡想著，他們真的很厲害。廖老師至少跟我們說過，他是成大外文系畢業的，以及一些激勵我們的言詞。

「世界真小，我畢業十年以後，我與廖老師卻在鳥不生蛋的蘭嶼島相遇。但我們命運大不同，他是本省人，在蘭嶼中學當老師，我是外省人，在蘭嶼輔導部指揮中心當囚犯。」當下，我不解何謂本省與外省的差異，但我理解我親姊姊嫁給外省人。我與陳先生熟識，在我國中三年級的上學期的「國定假日」，我們幾乎就是在籃球場上認識的，此刻在船上，他又從包包取出一疊紙張，跟我說：

「把這些英文片語全部背起來，你英文考的會及格六十分以上。我說真的。」

他再次的叼根菸，又說：

「我是自由人了，要回台北，祝福你考上，也希望你是第一個靠自己考上大學的蘭嶼山胞，祝福你，小鬼。」外省人、竹聯幫、台北、第一個考上大學的蘭嶼山地人，這些名詞，對我而言，非常陌生；然而，靠自己考上大學原來就是我既定的宏願，我兒時的夢想。陳先生進了船長室，自此就消失了，但他鼓勵我的言語，其實比我十二年在華語學校期間學習，來得更實在，更貼近我的想像，彷彿天空撒下不模糊的航道，讓自己去逐夢尋找。

此景此刻，在豔陽下的移動貨船，恰是回憶的感激。父親在我九歲以後，經常划船載我在海上漂，他要訓練我提早在海上跟他船釣，需要我的勞力，用船載茅草；用船載燒陶用的、生火煮地瓜用的乾柴。無論夏季或秋冬，無數次的與父親出海，他訓練我提早進入「海洋的漂移」，提早適應船的搖晃，提早運用雙手划船。父親的目的就是帶領我進入傳統的漁撈生活，提早獵魚來減少他的疲累，此刻，我沒有想到，父親訓練我划船、船釣等等的技能，卻也讓我在鐵殼船上沒有暈船的痛苦。或許父親的目的跟乘坐鐵殼船無關，只是感覺到，這星球上只要有島嶼就會有人類造自己的船，海上有船，魚類就有名字，都是運用自己的語言去稱呼。其實，我達悟族的族名是Si Gigewat「齊格瓦」，台灣政府給我的名字是「施努來」，我的堂哥是「李勾雄」。我的意思是，外邦人來了之後，我們或許稱那外邦人為「國家」吧，「國家」改變我們的原來族名、改變我們的名字、國家的節慶才是「慶典」，也改變我們的土地的名稱，稱山地山胞保留地，這是國家要土地時，就是保留給國家的，於是也改變了我們的未來。但我很難預言，我們的未來是什麼樣貌？漢族會改變我們，那位陳先生說的，在未來。

貨船因為是返航船，所以甲板上並沒有放置很多東西，最多就是回收的空瓶紅標米酒，以及木製回收的蛋箱。箱內還殘留許多的稻殼，女同學們就以這些當墊子，深藍色的校服長褲也正好可以保護美腿，保護已是咖啡色的膚色不被日曬，四小時之後海上航程，我們沒有一位臉上有笑容，除了我比較輕鬆以外。

夏季的航班，台東縣政府公告的是，氣候正常的話，一星期一班船，但我發現甲板上半個籃球場的面積，有一半的空間是回收的米酒瓶所占據。我自己認為，當時一九七三年我們人口在戶政事務所標示出的是一千七百餘人，我算一算一捆米酒瓶是十二瓶，約莫超過了一百捆，雖然我部落的雜貨店有三家，其中一家是軍營的福利社，雖然我也知道我部落裡那些少數的，民國二十幾年出生的族人有在喝酒，可是那些族人幾乎都生了五到七個左右的孩子，也就是我這個年紀的青少年，我父親是一九一七年生的，我的問題是，這些族人沒有一位是為了賺錢而打零工的，島上也沒有零工可以打，同時為了賺錢去做漢人的奴工是件可恥的事。當時家裡要買「煤油」來點燈，來照明用時，部落人都是去採集魚貝、龍蝦、乾柴等等的，於是也就沒有多餘的閒錢去買酒灌醉自己，當時我們島嶼價值觀也是極度歧視喝醉的人，誰也不願意被族人冠上「低等人」。推算那些米酒就是軍人、公務人員喝的，此刻也才漸漸體會到小學老師上課時，頻繁命令我們抄寫課文，原來都是米酒害的。害了我注音符號背不完整，國語課本看不懂。一九六〇至七〇年代被流放到蘭嶼的公務員，真是撿到了他們一生最幸福的歲月。扣除我們對漢文化認知的障礙外，我也體會到了學校老師說我們「笨」，是因為他每日是昏昏沉沉的，即使所謂的「督學」來蘭嶼視察，那也只是例行公事的交差，夜晚就是啃食我們採集的田蛙、鰻魚、野菜……，偏鄉，天高皇帝遠，喝醉也就成了人情世故，理所的當然兒。「米酒瓶」在甲板上乒乒乓乓的，究竟是獵殺了人性，更改了體質，抑或只是聊表當時的島嶼情境呢？

四十幾年之後的今天，島上兩家7-11。三家超市，在店門口不分種族、膚色、國籍、性別、年紀喝一口冰涼的啤酒已成為「時尚」了，刪除了低等人之汙名也，一切的一切重新詮釋。可賀的是，我那些女同學，她們迄今依然把持當年的優雅，鮮少飲酒。至於我那些男同學……

當年我這年紀的男同學，由於遇上那群被流放貶抑到邊疆的漢人老師，因為他們做了低等人的示範，自然的，我那三十幾位的男同學，對於升學，似乎是零的起頭，沒有念漢書知識的欲望，再者因為被攔阻念軍校，除了少數去台東職訓中心學習技能外，其餘的便遠走高飛，遠赴台灣西部投入了「勞力市場」，各自馴化自己，找出適合自己謀生的工作職場。於是當年真正升學的男同學，包括我自己，才四人。一位是第一名的，保送台東師院，老師退休後做了縣議員，兩位是考上台東農工，其中一位後來當了兩屆鄉長，轉戰縣議員失利，輸給我那第一名的同學。因為選舉，弄得同學們互不相往來，雖然繼續住在同部落，繼續做鄰居。讓我想起了竹聯幫陳先生的警語：「未來的未來的海浪變化詭譎，唯，念文明書方可闢出人生幸福的小徑啊！切記、切記。」然而，後來的近三十年的自由選舉，也解構了原住民集體社群的交際網絡，焚碎了初民社群的傳統價值。選舉產出政客產品卻是咬傷自己族人土地，漠視族人集體權益的投機客。

我們三人照顧廖老師，至少我們不會暈船，八個小時以後的海程，我們抵達了台東，在一九七三年的六月二十三日。

「老師，我們到了台東，加路蘭港。」我個人不能體會到暈船的「海病」是如何讓人難過，可是從廖老師比喝醉酒還嚴重的樣態，就知道「海病」也因人而異的，至少我們那些女同學，她們一聽到船到達了台東的時候，「海病」似乎就雲消霧散了。然而，我們要扶著廖老師下船，狀況不一樣。

「小弟，祝福你。我是陳X平，有空到台北找我。這是我的地址。」我收了他的給我的紙條，他走下了貨船，進入了一台黑色的轎車。我心裡默想著，也帶點小小的，帶有膽怯的喜悅，在內心說：「我也是黑道的朋友。」

那一年，我不知道，我怎麼會考上台東高中。這是我離開祖島的第一個夢想，實現了。但我非常清楚的知道，陳先生給我的那一疊的「英語片語」，讓我莫名其妙地拿了很高的英文分數，而國語成績不到三十分。

考完試以後，我們在台東鳳梨工廠打工，暫時寄宿在教會地下室，那兒我們用身體餵養數不清的蚊子，一個月後放榜，全數考上。我們必須再次坐船回祖島辦理「山地山胞」的入學身分證明的文件。這又是八小時的返航旅程，之後，當我們再次的坐船回台東的時候，我們這一行十多人便自力更生，依靠自己的後天努力，各自敘述著自己的那一日。第三名的女同學考上台東女中，其餘的考上台東商業職校。

然而對於我，我自己沒有感受到前程是光明的，考上是榮耀的，在我島上，我是第三個考上台東中學的蘭嶼山地山胞。剎那間，我倒是想起了父親的鮮魚湯，部落裡的男人，在黃昏集體出海獵捕飛魚的美好景色，浮現在貨船開往蘭嶼的海洋，我的心海，還有母親的煮熟的芋頭糕都特別的讓我想吃。遠離祖島，矛盾、迷思開始編織，以及兒時的幻覺也開始起潮弄舞糾纏我的未來。

「我考上台東中學了，」我跟父母親說。他們知道，這趟再坐船去台東就是三年的光陰，也理解我不可能為了他們而放棄追求新知識的求學機會，所以父親說：

「三年畢業後就回祖島抓魚，或者是在島上當公務人員。」

這個時候的自己，也只能答應作為安慰父母親，獨子遠離他們的這段歲月。然而，有誰知道自己的未來會是如何呢？何況我是蘭嶼的山地同胞，對於漢人社會的一切所有，幾乎是「無知的」。在自己遠離祖島去台灣念書之前，父親幾乎天天帶我上山認識他的造船的林地，採集、搬運乾枯的木柴來堆放在家，這個勞動確實節省了父親許多許多的勞動時間。天氣海況好的時候，就與堂哥潛水挖「九孔[12]」，賣給軍營福利社，賺取少些的零用錢，也留一點錢給爸爸買煤油燈的油。

當年去台東念高中，未滿十六歲。八月底，父母親再次從部落走一小時到開元港的碼頭，情境依然，母親的哭功，父親的沉默，以及目送親友去台灣做工的族人，依然是驅除惡靈的，持長矛的裝扮佇立在碼頭邊，以及不變的囚犯移監的場景，囚犯在我心眼的慘況與姿態，警告了我尚未成熟的心智。

兒時失蹤時的幻象是，單桅的帆船啟航航向東方，然而十年之後的當下，我卻被帶往西邊，以漢族為主要民族的島嶼，他們雖然是「移民」，但生育率高，死亡率低，這是從明末清初移居台灣西部時候，他們的人口很快的就超越了泛西拉雅族，而後同化通婚。在我的幻覺，我遇見的民族好像不是「漢族」，這意味著，我今天以後，所面臨許多不可以預測的未來，那將是沒有盡頭的海洋之旅。

這班船移監的囚犯不及二十人，監控的軍官也不是同一群人了。當我在船艙內吹冷風的時候，他們說的語言，我是完全聽不懂的，當時我們的族人不稱他們為台灣人，而是稱他們是「很遙遠的人群」（Ta-u du Ilawud），稱外省人為「嘰咕科（Chi-kuk）」，換一句來說，從我父祖輩而言，台灣是很遙遠的島嶼，那兒住著很遙遠的人。這意味著，台灣的語言與我們說的話，很「遙遠」，似乎在說明，彼此間說的語言完全不同的意思，我們與他們沒有任何的親屬關係，或歷史上的往來貿易，因而被歸類為「遙遠的人種」。在一九六〇年代，朗島部落的人稱「台灣人」為Ta-Kaw，近似「打狗」的諧音，實際的意義是「打狗」在達悟語就是「竊盜者」，而非「高雄」。所以，蘭嶼人稱台灣人是「偷我們財富的人」，此時我才理解父親說台灣人是壞人的意義。

下了船，到達「富岡」漁港，這個時候，我已熟悉了這個小漁村，下船就逕自走向新街道，等候往台東的公車。富岡漁村住著四種人群，一是原住民阿美族、二是大陳義胞，三是綠島人，四是閩南人。他們因為小漁港的漁業事務，因為蘭嶼、綠島需要台灣貨物的輸入而衍生出的共榮共生圈，讓這四種群族沒有發生不愉快的歷史事件，反之相處得十分融洽。

一個人走在富岡漁村的街上，街上的人群沒有一位是穿著西裝的，兩邊的住宅是簡易的，兩樓的、三樓的水泥屋，街道約莫一百餘公尺，三家雜貨鋪，給蘭嶼達悟人

12 九孔，在一九八〇年以前，在沿岸礁石區數量之多難以估計，主要是我們族人當時不吃九孔，吃了會頭皮癬。但，當時我們飢餓，挖來的九孔有一半是拿來生食（沙西米）。

等船回家救急買雜貨的，兩家簡易的旅店也是為了蘭嶼人、綠島人等船班而築起的。第二趟回台東，漁村的人似乎很容易分辨出我們達悟人的外貌，達悟人憨厚的氣質，頻頻跟我這個小鬼說「估蓋」「估蓋[13]」。兩家旅店也都住著一些達悟人，他們都比我年長二到四歲，也就是一九五〇年代出生的族人，他們都是在台東山地鄉做苦力，如種生薑，搬運生薑，或當貨運捆工，或者幫阿美族人割稻，或當鳳梨工廠奴工。我這個世代的族人初次遇見「文明」，初次踏旅台灣東部小鎮賺取貨幣，做「苦力」是因為不用動腦筋，先天體能好，是最能直接賺取金錢的路徑，我們在這個小鎮，認識了不同部落的族人。他們詢問我：

「你來台東做什麼？」

「我要去念台東中學。」

「你那麼聰明啊！」

「你是哪個部落的。」

「依瑪屋洛庫部落的。」

「你的魚團家族是……」

「我是『河川家族』的孩子。」

「知道了，你的祖父是夏曼・估拉拉摁。」

「是的。」

「你們來台東的理由是什麼？」我反問。

「我們來台東買油毛氈，買柏油，蓋家屋的屋頂。」

「因為，油毛氈比茅草堅固，不怕颱風……。」

「那是真的，比較不怕颱風。」我回道。

「你們何時回祖先的島嶼呢？」

「等下一個天氣好。」

富岡漁村漸漸成為達悟人的轉運站，等船班的驛站，認識漢人、山地人的通驛站，也是逐時被「文明」馴化的轉化站，當然也是外來牧師、神父、教師、公務員、軍人、囚犯、骨董投機客、旅人、招募苦力者等等的進出站。

彼時這個漁村多了一個人種寄居的地方，共同說著官方語言「國語」，於是一九七〇年代富岡的街道如初春的花朵，十花爭豔，多了許多小吃部、簡易海鮮店給

13　估蓋，譯成華語是「你好」。詞語其實是「歧視」達悟人，老人家留的頭髮髮型似是「鍋蓋」，而「阿估蓋」卻是我們日常會話禮貌的問候噢。

於不同旅人「吃」的便利。「吃」必須等待，進出蘭嶼、綠島必須等待。於是從那個時代起，蘭嶼達悟人開始在異地學習等待，也許等待親人、目送親友、等待貨物、等待贓物變財富……。漁獲轉賣站將漸漸成為台灣東部的兩個小島未來發展的貨物轉運站了，也是未來許多垃圾進出卸貨站，以及低調的、卑賤的投機客聚集地。

對於達悟人初始與外邦人接觸，我們擁有的本質只有「單純」而沒有行騙的技能，給了漁村的住民刻下了良好的印象。我們達悟人獵捕飛魚寧靜「等待」的習性，彼時也轉移到這個漁村來了。我們說是「等天氣好」，客貨輪才可以鳴笛啟航，而不說「等船」。後來漁村的人也學著達悟人說，等天氣好，而不會說「等船嗎？」這是由海洋決定「船」是不是可以出港的意義。

我等的公路局的班車終於到站了，我上了車，那一刻，我終於明白了某件事，我身體離開人間兩次的那個幻覺。當我乘坐幻覺裡的那艘帆船的時候，船上的人都很和藹、親切，但他們只顧著欣賞海洋、波浪、湛藍的天空而不跟我說話。車上的人，有學生，有農夫，有山地人，有外省人等等，就是沒有達悟人，就是沒有我所認識的人。喔！我想，這是個陌生的城市、陌生的人種、陌生的車子、陌生的空氣，還有許多陌生的事物需要我自己去開發理解，那些事，這些事情盡是新鮮的，沒有一件事是熟悉的。

於是上了車買票，我跟車掌小姐說：

「mangai do Taitung.」（達悟語）

「不會說國語啊！」

「喔，去台東。」

終於買到票了，這一上車便是開啟了自己的夢想，我人生一切的一切，從這個台灣東部的，移民來的閩南人馴化阿美族、卑南族建立的小城市開始，就從念高中開始吧！我默默的為自己幸運的考上高中，我夢想的實現而喜悅。媽媽，爸爸，我已經到了台灣，放心，我不會變成壞人的，我說在心裡，我卻是流著離開祖島思念親人的淚水。

「小鬼，你哭啥！」一位身邊的老兵說道。但我聽不懂他說話的鄉音。原來陌生的城市，必須從聽不懂的語言，必須不可迷航於街巷開始學習城市地景吧！我開始思索這個屬於自己的問題，屬於一個小島的青少年為了追逐到大島的新文明，新夢想的複雜問題。

航海在迷惘中

天主教白冷會在台東設立了台東高工職校、聖母醫院，以及招收台東縣內偏鄉清寒學生就讀台東中學的寄宿學院。一九七三年，我考上東中，就住進這個名叫「培質院」的地方，培質院確實給予偏遠學生最大的便利。一九七一年四月，栽培蘭嶼子弟遠赴台東就讀初中的紀守常神父在西部意外車禍往生後，接下培育蘭嶼子弟責任的是另一位瑞士籍的神父，他的中文名字為賀石，賀神父負責的教區包括蘭嶼以及卑南鄉的南王天主堂。我們這一屆（蘭中第二屆畢業生）共三男七女，兩位男同學住校，七位女同學也住進天主教的寄宿學院，稱「貞德學舍」，好像引用「聖女貞德」之名。

賀神父承繼紀神父培育蘭嶼子弟赴台東就學的責任，就是跟國外慈善團體募款供給我們生活費。一九七三～一九七六年，蘭嶼子弟在台東就讀的總計十八位。簡單來說，我們幾位是我民族赴島外求學，最幸運的一群，至少從認識漢字、書寫漢字、用漢語與外人溝通，都遠勝於我們的父祖輩，以及之前的學長姊們。這一群人後來都成為蘭嶼島上第一代的老師，第一代的校長、學校主任，第一代的公務員等。

於是，每星期天早上，南王部落的天主堂就是我們這群人被馴化成為「天主教徒」的聚會場所。在那兒聽訓於賀神父的《聖經》哲理，乖乖聽賀神父十分不標準的「國語」，十分聽不懂的「讀經經文」的耶穌的生平記事。

培質院有我的蘭中畢業的學長，他先前告訴過我關於「培質院」的許多院規。他叫阿波，他後來被保送到高雄師範學院的中文系，蘭嶼島原住民的第一個大學生，第一位的國中教師。因為他教國民黨的「國語」，所以不會寫作文，也不會寫評論，寫散文，寫小說。總之，我這些當老師的、當公務員的族人嫻熟於行政條文的認識，卻不會寫文學的文章。比例上，台灣所有當老師的、教作文的很少成為優秀的作家。

培質院是由一位大陸來的神父管教我們這群偏鄉的學生。他是遼寧省瀋陽市人，輔仁大學哲學碩士畢業，英文非常好，名叫鄭鴻聲。那三年，院內住宿的學生背景有閩南人、客家人、阿美族、卑南族、布農族、排灣族、達悟族，就是沒有魯凱族的同學。院內除了神父外，還有一位幹事，兩位廚師。鄭神父有個優點，他不太記得優秀、乖乖牌學生的名字，他卻十分在意不十分理會他詮釋《聖經》經文哲理的學生。每一年的大學聯考，培質院總是有人考上台灣的名校大學，那些學長便是神父激勵我們奮發向上的例子，而「明理知恥」就是我們的院訓。

院內有一個完全符合標準的籃球場，一間圖書館，一間桌球室，一個養金鯉魚的水池，以及各年級的自習教室和宿舍，還有一棟很精美的廁所，數間盥洗室，在廚房的二樓，還有一個放廚餘養豬的空間，就在廁所旁邊。那兒的後院邊牆是用空心磚與外圍作區隔，空心磚高度約莫一百八十公分，翻牆過去就是兩棟妓女院。培質院的東邊的街道是廣東路，與法務部的台東監獄毗鄰。

人生離開父母親的家屋到外頭，總有第一次介紹自己的機會，如家庭背景、個人的志願、願望，這是避免不了的。在蘭嶼國中的自我介紹，三分之二是族語，三分之一才是國語，當然，自己的島嶼，自己的語言，自己的同年族人介紹自己，在蘭嶼的我們，那真是笑話十籮筐。然而，我們作為中學的新生，我們在培質院全院學生到齊的第一件事就是新生的「自我介紹」，學長認養學弟的儀式。

對於我，說國語自我介紹是件比下海潛水還困難十倍的事，鄭神父板起嚴肅的面孔，正值四十來歲的他，念的是哲學、心理學。我們新生二十餘人當中，有七位是山地山胞生，其餘都是漢人，漢人學生的自我介紹，那肯定是比我們這群山地人說得輕鬆自如，彷彿展示了他們使用華語的優越感，我也肯定他們比我們有自信。我認為，當時自我介紹最差的有兩位，第一是我，第二位是——他的身高在高一的時候是一百四十八公分，高三畢業的時候，身高依然是一百四十八公分——來自於延平鄉桃源村的布農族人。他的介紹自己是：

我是爸爸媽媽的第一個兒子，我的下面就沒有人了。我的國中是延平國中，學校在我家的旁邊。我爸爸是獵人，我將來也是獵人，我從小學一年級到國中三年級畢業的九年當中，我都是班上的一號，那就是我一直以來就是班上最矮的一個人，今天的新生，我仍然是最矮的一位。完畢。

鄭神父發問：

「你將來想做什麼？」

「當延平國中的歷史老師。」

神父似乎不屑於他這個答案的表情，彷彿質疑，「你考得上大學嗎？」當然，某些學長知道神父有「種族歧視」的傾向，尤其對成績不佳的原住民學生，「不屑」的態度非常顯著。於是很讓我害怕輪到自己的自我介紹，尤其說到自己的父母親的「職業」是什麼的時候，很讓我難以表達「職業」的意義。

漢人同學的自我介紹，說的最多是父母親的「職業」，如老師、護士、警察局長、檢察官、律師、牧師、公路局司機、雜貨鋪老闆……等等，就是沒有漁夫或者船長之類的。

輪到我的自我介紹：我的漢名字是施努來，我的雅美名字是「齊格瓦」。神父眼神不悅的即刻嗆我，說：「沒有人想要知道你的雅美名字。」這一句話，當下的我，確實被嚇到，說自己的「族名」，我原以為是我最自豪的事情，但此結果卻遭神父的白眼對待。嚇到以外，內心裡最大的苦難就是「說錯了名字」，是我第一次的「錯覺」。

「你父親做什麼的……」

「抓魚，種地瓜芋頭……」

「你的願望是什麼？」

「嗯……還不知道。」

事實上，我真的不知道自己將來要做什麼？我十分佩服某些高中同學，在高中時期就已決定了自己的「人生方向」，朝那個方向努力了。我問我自己，真的是這樣嗎？出社會，或是上了大學，願望不會改個方向嗎？神父聽完同學的自我介紹，看著同學訴說願望的神情，做出最後總結：

「願望是某種目標，近程的、中程的、遠程的……」

「自我介紹，就是訓練你們自己說話的邏輯，這是重點，今日的願望，明日是落空的。」

「有幾位山地山胞的同學，對於『職業』的理解，還有一段距離。當老師、醫生……是職業，也是一個社會的階級（當時我不理解『階級』之意涵）。所謂的漁夫，獵人，種地瓜、芋頭等部落的勞動，那不算是『職業』，那是『生活』，就像蘭嶼的人，沒有電，沒有燈，他們不需要繳電費。他們吃地瓜，吃魚，那是自給自足的原始生活模式，那是簡單的社會組織，也是單純的山胞。我希望，我們培質院的山胞學生，努力念書，當個老師，可以回到自己的村落教書，拿優良的中華文化薰陶沒有文化的山胞，這是你們最好的出路。」

我問自己，神父的口氣、思維路徑，為何幾乎與我小學時期的漢人老師完全相似呢？當下他說話的那股口氣、儀態夾著很濃厚的歧視。說著穿丁字褲的民族是二十世紀的發展中，極為落後的民族，所以蘭嶼的同學們必須比其他同學更努力，更有羞恥心，更有美好的企圖，逐漸接近台灣人民的生活程度。

當時我有很多華語聽不懂，但我可以感悟得到是，他在鼓勵我們，同時也在暗暗的諷刺我們原住民族。神父在學校開學日前一天的精神講話，我感覺不舒服，但我無法說明當時不舒服的理由，只覺得被歧視的濃度很強烈，在我內心深處裡也強烈的抗拒。排斥神父依《聖經》經文哲理「馴化」我。

「施努來同學[1]，你是不是天主教徒？」

「你跟林同學，每星期交換做我的『輔祭』。」

1 從我進華語學校，到我恢復我的族名之前，我極度的不喜歡我的漢名漢姓，理由我不知道。

「輔祭？」我問。

「就是在祭壇幫我忙……」我摸摸頭，神父說的話，一切都在不理解的當中。我在培質院的第一個晚上，才知道台東縣境內有閩南人、客家人、外省人、阿美族、排灣族、布農族、魯凱族、雅美族、卑南族，以及大陳義胞，以及縣內的少數鄉鎮，大大的增加了自己來台灣之後的常識。

來到台東念書一個月的光景，心中想的、夜裡夢見的，依然是在祖島成長時的生活點滴。尤其是部落裡的族人集體的划著自製的拼板船，划向小蘭嶼的壯觀景象，我個人對於這個場景，從我有記憶起就特別的喜愛，彷彿大海的波動好像移植到我的心海似的。

住在培質院，我們上學是三個年級排隊上學，出院之後，就沿著中華路靠右走，街道上的汽車、機車、腳踏車、三輪車，以及必須停、看、聽，然後才可以跨越的火車平交道，還有簡易的各種文字造型的生意看板。一個月之後，稀奇的感官視覺變成了自然性的場景，開始熟悉了往學校上學途中的環境。中華路越過平交道之前的路，稱正氣路，這個「正氣」吸引我的想像是，我們島嶼的輔導會的指揮中心，每逢佳節的表演舞台也有「正氣」二字，就是「養天地正氣」，我的思考是，此意的「正氣」是否相同。第二個是「北平豆漿店」，就是早餐店。我還在蘭嶼念初中的時候，我就聽說過這個早餐店的店名了，說是豆漿、饅頭、燒餅油條都很好吃。在蘭嶼，我們初始認識漢人的第一個印象就是饅頭，可是豆漿，燒餅油條，我都沒吃過。每天上學早晨來吃的、買外帶的人非常多，而那些叫賣的外省人，聲音特別宏亮，好像整個街道巷尾就是他們的國土的感覺。

我那位身高一四八公分的同學是布農族人，他是個很沉默的人，他的沉默是因為跟我一樣，「國語」說得不好，又有強烈的布農族族音，在某個夜晚，我們在教室自習，他走來我桌邊，說：

「蘭嶼的，那個饅頭、豆漿、燒餅油條好吃嗎？」

「不知道呢？山地人，我沒有吃過。」

「喔，我也沒有吃過呢！」

「我的布農名字是『搭馬幣馬』，你呢？」

「齊格瓦。」我說。

「明天下雨的話，我們就經過，去買來吃好嗎？」

「好啊！」

經過的時候，我們相互觀望，我們都以為「對方」有錢請客，最後我們彼此乾瞪眼，也理解彼此都是窮人家的孩子，這使得我們的情感變更好，常常談論各自家鄉國中時期的二三事。[2]

台東中學新生共有九班，分別是忠孝仁愛信義和平，以及最後的禮班。我在忠班，他在禮班，也就是最後一班。學校每一天早上的升旗典禮，搭馬幣馬是最醒目的人之一，另外一位是身高一百九十公分的田徑選手（數度打破四百公尺的國家紀錄），他們是同班同學，一百九十公分是班長，搭馬幣馬一百四十八公分，升旗典禮時，兩人就並排在一起，都是第一排，遠遠的看起來，好像是天空與海平線一樣，看似很近，心思卻很遙遠，高的是一位外省人，矮的是山地同胞，二年級之後，搭馬幣馬也成了學校田徑隊，專攻三千公尺，一個是長頸鹿，一位是短腿獵犬。學校放學時，我們是自行回到培質院，我們倆經常一起走路，我的話比他多，但他都聽不太懂我在說些什麼？同時，他也不太注意聽我在說些什麼？兩個人兩個頭腦，一個頭說海，一個頭想山。

在台東念高中職、台東師院的蘭嶼學生，每星期日的早上，從市區的公路局車站坐公車去南王天主堂，我當時最注意的班車是往花蓮縣的豐濱站，這個海岸線的公車會經過我姊姊住的長濱鄉長濱村。事實上，我們這群蘭嶼新生人最多，造成賀神父募款時的沉重負荷。我們將近二十人，教堂的廚師準備中餐時，最傷他腦筋的是我們這些青少年吃米的食量很大，只要有湯，把湯放進碗裡，五碗才會吃飽。神父對於我們的食量感到非常驚訝，當他去蘭嶼傳教時，他也親眼目睹了蘭嶼人吃米的食量，一個人都是在五碗以上，他為了我們「吃米」的食量，還特別在彌撒之後，跟前來教會的卑南族人央求贈米給教會。神父有句話，我永遠記住，他跟卑南族教友說：

「他們跟kuyis（豬）的食量一樣大。」

「因為一個芋頭等於一碗米飯，所以五碗就是五個芋頭。」

當然，要卑南族人教友每戶捐五公斤的米，才足以應付我們一學期的食量，這也困擾了教友們，因為他們種稻也是為了生活，要賣給農會。然而，我的敏感來自尊嚴的問題，說我們的食量跟「豬」一樣驚人，白人神父也在傳福音的布道中，往往不經意地也暴露出了白人的優越感，以及更深沉的種族主義，白人無法根除的，對有色皮膚的歧視基因。

第一學期台東中學的三次段考，我們每次的成績單的監護人都是培質院的鄭神父，他蓋章後讓學校核定，而非賀神父。所以鄭神父幾乎完全掌握了院內學生的考試成績，以及各科成績的優劣。我與搭馬幣馬同是國語與數學極差的學生，但他的國語

2 當時一九七三年的山地生（邊疆生），政府補助我們生活津貼，每個月三百元，但這個津貼都要交給神父，我們每月零用金是三十塊，購買文具。

比我好，而我的英文也比他好。那一學期，我在忠班的總成績是全班第三名，這一點還讓鄭神父在學期結束時，在全院學生結業式讚美了我幾句，說來，也許是我的性格吧，我被「讚美」的同時，感覺反而是不喜悅的，我漲紅著臉跟神父說謝謝。

放了寒假，我們無法回祖島，因為沒有錢，東北季風強勁，蘭嶼輪無法横越巴士海峽強勁的風雨駭浪。一九七四年的寒假，賀神父安排我們暫住公東高工職校的學生教室，借住完全免費。

一學期的邊疆學生生活補助津貼是三百塊，幾乎全數繳交給鄭神父，我幾乎沒有零用錢可言。一九七四年，我剛過十六歲，賀石神父要我與比我大三歲的同學族人，去知本的深山，林務局稱之第五十六林班打工，說是自己賺自己的零用錢，神父管理的基金，不包括寒假的生活費。那幾年，政府推動造林運動，全台山地人完全配合、投入便宜的勞力，肥了承包商，累了山地人，小收入略感小滿足，也正是歧視、欺瞞山地人的具體事件。

造林承包商姓陳，是個患有小兒麻痺症的閩南人，走起路來令人不安，好像隨時都會跌倒似的，娶了一個蘭嶼姑娘。陳老班在一大清早，雇了兩輛十噸的烏龜貨車，把我們載到滿是泥濘的產業道路盡頭。彼時，男男女女的蘭嶼人約莫有四十幾位，抵達馬路盡頭後，我們開始走路，翻越了三座山，每一座山的樹上都有為數頗多的台灣獼猴，牠們吱吱嘎嘎的嘲笑我們，丟樹枝，扮鬼臉，一座山又一座山的跟監我們，那是我們第一次遇見猴子。我個人算是極不喜歡猴子的人，但在翻越山頭的時候，工頭領班要求我們不可以激怒，或欺負猴子，聽說，台灣獼猴會反擊，於是我們敬而遠之。

越過三座山以後，平緩地有輕軌，據說是日本帝國大量盜伐台灣林木時，雇用山地人所建立的輕軌道。陳老闆雇了幾位布農族的搬運伕，揹負好幾袋的米，到了有輕軌的起站工寮，揹伕就運用輕軌載運我們吃的生米。我看他們也只不過是二十出頭的山地人，是延平鄉的布農族人，乍看也跟我一樣的憨厚、耿直、靦腆。他們覺得我們很青澀，邀我們四人坐上沒有護欄的運貨車，也就是先跑步推動推車，等到速度變快時迅速坐上去，就這樣我們四人輪替推推車，讓我們忘記了翻山越嶺的辛苦，半小時之後，我們抵達了服勞役的簡易工寮。打工的首要條件是，吃自己的，換句話說，「吃米」要扣除三餐的錢，沒有青菜、肉類搭配，就單吃白飯（現在回憶起來，陳老闆真的殘忍，真的會精打細算），此等悲苦的待遇，當時那些比我們大的族人，根本沒有與閩南人打交道的經驗，我們等於活生生被欺負，被剝削，我們的憨厚害了我們。

我們四人（現在有兩位是已經退休的老師；一位是公務員，後來當鄉長，也有退職金；一位是我，一直是沒有退休可言的無業遊民）上山來打工之前，各自買了一大罐豆腐乳，作為我們三餐的菜餚。五十六林班，確切的地理位置我不記得，好像是在中央山脈東段，工寮有兩處，一處坐落在日據時代伐木時的廢墟，經過幾處簡易工寮，是一排約是可以容納二十幾人睡覺的兩公尺長的通鋪，屋內通行道約有三公尺，儲存使用的工具。我們那一年的造林工人已經是第四批的人了，工寮房頂面河谷，背面是山頂，左右兩邊是簡易盥洗室，以及茅坑，還有放有十個以上的磨刀石的水源。我們四人被安排在靠近伙房、柴房煮米飯邊邊的床。由於是冬天，山裡極為潮濕，寒氣逼人。第一，我們蓋的棉被來源不明，四人一個棉被，輪到我們蓋「那個」棉被的時候，棉被裡的棉花已經是一個球團一個球團了，根本就是無法禦寒，也許我們是年輕人，體力好，讓我們可以度過深山裡七天的苦難苦勞。

伙夫是我們的女性族人，煮米飯的大鍋，像是養豬戶煮豬飼料用的超大鐵鍋，米飯用木柴煮，耗時大約要四小時，生米才會煮熟。族人大多在清晨四時起床，拿著自己買的便當盒填塞米飯，我們由於是同族人，幾乎沒有衝突，大多苦中作樂，甚至是任勞任怨。一座山頭，四十人從山谷並排的往山腰走、沿途用鐮刀砍出一條條路徑，一部分的人就負責在後頭栽種杉木幼苗，一座山頭栽種完後，再移動到另一個山頭。我認為那是很累人的工作，那時候我年紀最輕，十六歲，只因為是山地人，有先天的好體能，以及不偷懶的好習俗。但是那個跛腳陳老闆，每天都假裝板著臭臉，說進度慢進度慢……，其實，我們的勤奮已是超前的，他是刻意板著臉，佯裝虧損。他身邊林務局的探查人員，每天每天在一起喝酒，喝得快樂極了。跛腳老陳答應我們四人做滿七天就發薪資給我們，同時同意我們坐溜索下山。

對我來說，我十六歲，還無法負荷那般苦勞苦力，這一趟深山之旅是我人生第二次的打工。說起來，我還真的是害怕與漢人說話，對於跛腳老陳，我仍是很厭惡他的氣質，即使到了現在，六十歲了，依然在意「人」的氣質、人的教養，尤其厭惡不在意他者觀感的粗人，但跛腳老陳更在意的是，如何從我族人身上獲得更多的利潤，只因我們族人做苦力的經歷不足，也不擅於為自己的辛勞爭取利潤，於是我們在五十六林班就任其擺布，一個人監控四十幾位的達悟人，想來，我們還真的怕他。

那一天下工後，我們下河谷沖洗，水的冰冷對於我們這些小島上的海洋民族而言，真的是洗冰水，沖洗的剎那間，全身冒出體內溫度的悶氣，身體的熱氣如山嵐似的往上升空，剎那間的冰涼，即刻感受清爽、輕盈，迄今感覺的記憶猶在，哇……的一聲，那是一道長長久久的讚嘆聲。我十六歲的第一個寒假，深入了台灣東部的深山野林，雖然被跛腳老陳欺騙，那個痛苦讓我體會到了父親說的，台灣很多壞人。然而，原來壞人也是很多元的，在自己成長的旅途中，好人、壞人應該都會遇到吧。我想。

跛腳老陳在他的床鋪的燭光下，讓我們點收了為他做「苦力」得來的錢，無誤。我們沒有跟他說聲，謝謝，因為說聲謝謝，等同於認同他壓榨我們薪資的合理性，把惡人當善人看，只問道：

「明天的溜索是幾點？」

「七點。」他說。

七天的苦勞苦力，在中央山脈東邊的溫帶原始森林裡，在海跋一千五百公尺以下的野林地，野溪的背風帶，背著晨光的山谷，我們曾遇見兩處山地人的獵寮，十分的隱匿。獵寮，也是布農族人在一九二二年之前獵取他者人頭時，埋伏的地方，而我那一百四十八公分的同學，曾經跟我輕描淡寫，他祖父在深山獵寮藏有不同族別的人頭，於是，當我看見了還是完整的獵寮時，還真讓我起雞皮疙瘩，毛髮豎起的冒冷汗。

我或許很難理解，台灣這些山地民族，為何以「馘首」為極高的尊榮；山林裡生存不容易，食物也十分匱乏，在漢族沒有移居台灣東部之前，台灣山地人沒有冶鐵的技能，沒有鐵器之前，他們是如何獵首的呢？使用弓箭，他們沒有刀，又是如何的取下人頭呢？獵取人頭是可怖的，帶回部落邊界，還要報戰功，初民社群又有誰，可以賦予此等「戰功」的尊榮呢？我很難深入的思索，人的生命在初民社群是低價的嗎？搭馬幣馬給我回答說，「就是這樣」。

就像跛腳老陳說，就是這樣，你們的錢，七天五百六十元新台幣。一九七四年的二月。這個苦力錢的意義，說明了我十六歲做「苦力」掙來的錢的代價是辛苦的，證實自己不是吃這行飯的人。

冬季的原始野林，五十六林班地的清晨特別的清靜、優雅，迎光面的、背光面的山林，如是真實的光明與幽暗的對峙。在我們下山的早晨，山嵐覆蓋我們簡陋的工寮，彷彿是武俠片裡武功高強的和尚的住處，婦女清晨炊火的青色柴煙也像地底冒出的地熱，緩緩上升，而後融入於遠方的山嵐中，彼時我可以想像搭馬幣馬的祖父在深山幽靜的獵寮大口喝紅標米酒的真情樣，享盡了整座山林氣宇的平實，任何人都無法抗拒大自然的優雅。這種天然氛圍完全與我島嶼的冬季不一樣，就像一百四十八公分跟我說的，他看到海的波浪，他就會頭暈，此時山林的美，給我帶來的不安全感，也稍稍的頭暈目眩了。

我們嘗試移動四輪輕軌出車，是試車的平順程度，這個動作是自然性的反射，認為可以之後，我們便輪流推車，二十分鐘的輕軌車程，很舒服，也很順利，比走路的時間快了半小時，輕軌的起站就是造林時運輸樹苗和運送巨木建造的臨時屋用的。

到了乘坐溜索的工寮的時候，有兩位布農族的年輕人正在工作。他們正在使用六分粗大的鋼索，綁緊一棵直徑約是九十公分的，已被鋸成兩截的，很粗大木頭，但我不認識那棵樹的學名，我站著時木頭在我的腰部，長度大約是四公尺，這是方便大貨車的載運，以及適當的長度，適當的重量。他們在巨木的首尾繫緊了鋼索之後，便用溜索機械升吊，以檢視平衡，檢視機械的穩定度，否則我們坐上去，在中途機械故障，那我們四個人的命就沒了。他們調整好了中線的平衡，然後再檢視經常故障的機械，他們動作嫻熟，噴上維護機械順暢的黃油，起重機上下又左右的移動試車。最後，他們跟我們說，「安全了」，蘭嶼的人。「安全了」，然而除了巨木，周邊沒有任何「東西」可以讓我們抓住，連護欄之類的都沒有，就是陽春的一塊巨木；也就是說，我們四個人就坐在巨木上，我們身上也沒有一條可用來救命的繩索，也沒有一個現代儀器的對講機。哇，真是恐怖，但是又何奈呢，我們沒有退路，若要，就是再次的走路翻越三座山頭，運氣差，就會被獼猴欺負，還有更差的是，有走一天一夜才可以抵達知本部落。若說，山地人的苦力生命是沒有價值的話，當下我們決定乘坐沒有保險的溜索，我們的生命當然是沒有價值的，若說有，那也只能依靠祖靈庇佑我們了。兩位布農人觀察到我們不安的心魂，於是很有愛心的在巨木上綁上了四條繩索，並且說，「你們就抓緊繩子，不可以搖晃身體」，我們驚恐的點點頭。他又說，你們坐上去吧！那一刻，我發覺了布農族人的美感，善良，他們說布農腔的國語，宛如一座山頭的堅實，讓我們心安。布農族人，我說在心裡，愛你們。

我坐在最後一位，比我年紀大一歲的姪兒坐我前頭。風從深山谷底吹上來，一切的所有感觸是冷颼颼，包括已經發白的臉色，我們邁開大腿，跨過巨木，塑膠袋裝的行囊衣物夾在我們身體之間，布農人最後說：「好了嗎？」

「就是不好，也得說好。」

我們是十來歲的小夥子，這一坐上溜索需要三十分鐘才可以著地走路。他們每趟運輸巨木的數量是兩棵巨木，花的時間是二十分鐘，我們因為是「人命」，啟動下降的速度降下很多，同時他們也為了我們的安全。

奇異的是，當我們坐上溜索，坐上巨木，抓緊繩索，機械啟動下降以後，我們反而平靜了下來，並且說，「哇！好深好深的山谷啊！」而，我們腳下的，數不清的筆直的原始林，似是「樹針」，布農人遙遠的吶喊：

「鍋蓋，你們不要看下面，你們看前面的山。」我們聽見，但是不敢放聲大叫的說「知道了」，因為實在太恐怖。坐在溜索的原木上，視野遼闊，但眼神往下鳥瞰，那真是擰人心血管，叫人嚇破膽的深度，無法估量的深度。假如可以這麼說的話，「當時我們十來歲的，海洋民族的心臟，真的夠結實」。這一趟雲霄飛「木」，一分鐘等於一個月，三十分鐘等於三百個月，就是金庸的武俠小說的懸疑緊張，是何等的叩人心魂，當下對我們來說，那算什麼叩人心魂的，我們真的是天神的兒子。當我們跨越了三座山頭山谷，抵達卸木材站的時候，那一站的布農人，手掌撫平他們的心臟，微笑地接下巨木之後，跟我們說了，「上帝保佑，上帝保佑」，又說，只有我們自己山地人，才敢坐溜索，你們蘭嶼人不敢坐，你們非常勇敢。我們說了一聲謝謝。騎在沒有馬鞍的巨大的原木上，十六歲的年紀經歷三十分鐘，生命結合結實的傳統信仰擊退飄浮在空中的恐懼，我們離開原木，踏上了真實的土地。這一趟苦勞苦役之後，我們即刻忘記三十分鐘的「苦難」，開始了我們下坡走到知本的另一段故事。我的稚氣，再回頭向布農年輕人揮手，他的微微笑像是山林裡研發製作成的清純，不帶一絲雜質，永留在我成長中的記憶。

我們休息一陣子以平息心臟的跳動，默禱感恩祖先的庇佑。三台十五噸的貨車在等候，工人啟動溜索機械，兩具一公尺立方的木箱，箱裡已裝上米酒、生米數包、蔬菜、生肉，以及許多的罐頭等等作為那些伐木工人的食物。貨車載著那具原木下山，我們的眼睛，跟隨著貨車移動，那種眼神是喜悅，喜悅重生，喜悅的離棄了剝削我們童工的那具嘴臉，開始思念那幾位讓我們重生的布農族人，他們的善良，他們的任勞任怨，他們的多情，就是事隔迄今四十四年了，我依稀清晰地記住那位讓我們上溜索的年輕人的笑容，那是讓我們心安的笑臉。

「山」，它究竟是什麼？那兒不是西藏的喜馬拉雅山，那兒是台灣中央山脈東部的原始林，台灣省政府林務局給自己名正言順的盜伐原始林的公文，說是造林，其實就是盜林。

我們邊走我邊想，我蘭嶼的山頭不高，山谷僅僅一頭接著一頭，父親帶我熟悉它，在山林稜線、山谷遊走無數次，那是父親請求山神樹魂認識我的體味，我的長相，還有父親的、祖先的樹神，未來屬於我的私有財產。

「山」，是有靈魂的，父親說過，祖父在我耳邊說過山的歌聲，山的陰氣，還有山的險惡。這兒的山，是台灣東部中央山脈的深山，有著比我們島嶼山林更陰沉，更險峻，讓登山人迷向的山魂，讓人眷愛不捨的清澈野溪，我們的父祖不曾踏查過的山神野林，再見「五十六林班地」，別了，布農族的朋友們。

我們一行四人，我年紀最小，清晨的山路被雨絲弄得泥濘，我們腳上的球鞋已破損了，我穿的學校制服腋下已撕破了，披在頭上遮雨的，也是學校的制服，深藍外套，穿的長褲也是學校的淺藍運動褲，我們正在走下坡路，「衣服」也正在破損，我們要走將近五十公里的路下山，那也是山老鼠與林務局某些官員致富的泥濘路，那些伐木工是雇來的，是山林民族，布農族。走，走回賀神父讓他省錢的，也是天主教辦的學校「公東高工」。神父為了省他七天的伙食費的錢，他近乎命令式的叫我們去做苦役，我們處於一切都是「窮」的時段，父母親是日據時代成長的，中華民國來了以後，他們已經過了學習華語的年紀，即使我們四人的部落有間簡易的郵局，然而那間郵局是給漢人存錢提錢、寫信用的，我們的父母親不識漢字，更不認識阿拉伯數字，要他們存款比登上天堂還困難。

我們身上的現金，以不要的塑膠袋包裹著，當我們在林班地的飢餓疲勞的時候，大夥商量到了山下的知本部落要好好的吃一頓餐，好好的犒賞自己。「飢餓」自我們來到台東念書以後，便與我們形影不離。我們生活在蘭嶼的那段時間，我們也常常肚子餓，到了台灣這個「飢餓」不一樣，這種飢餓很恐怖。飢餓會讓人犯罪，飢餓會讓人意志消沉，飢餓會讓山地人出賣體力當工人，當然飢餓也是激勵人奮發向上的良方。我們走了兩個小時，還不到中午，我們鐵盒裡的米飯，是陽春米飯，沒有彩色的菜餚，我們肚子餓了，坐在樹蔭下休息，用鐮刀砍一節樹枝，製作成筷子，把鐵盒裡的米飯劃分為兩線三塊，先吃一塊，不求吃飽，但求胃裡有東西，就有體力。

「七浪，你很好，再一年半，你就可以回祖島教書了。」我同學匹雲羨慕地說。

「希望啦，但我還是要在霧社飢餓一年半。」七浪回道。

「我念最差的學校，流氓學校，農校，獸醫科，畢業能幹麼呢？」匹雲說道。

「將來可以去鄉公所當公務員啊！」七浪鼓勵道。

「我跟齊格瓦，若是可以保送大學的話，就可以去蘭嶼國中當老師。是不是，齊格瓦。」我的學長布商說。

「我，對當老師沒有興趣。」我回答。

「真的很羨慕你，一年半以後，你十九歲，就可以當老師了。」布商看著七浪說。

「他X的，跛腳老陳騙我們的錢，我們一天八十塊，那些族人一天的工資是一百二十塊。他X的，」匹雲接著又說：

「他若去蘭嶼，一定打斷他的另一隻腳。」

哈哈哈……

「到了知本，我自己去吃大餐。」匹雲跟我們說。

「當然。我的錢要買英文參考書。」布商說。

「你的錢要幹什麼？」匹雲問我。

「我要買衣服，買內褲。」

走。我們繼續走，泥濘的土路除了運原木的貨車以外，沒有其他車輛往來，一路上只有我們幾位小夥子像笨蛋似的，像不知從哪兒冒出來的野人在走路。路，有數不清的彎路，好像沒有筆直的山路，想著我們來台東念書，會念出什麼名堂嗎？我們國中時期的老師們，可敬的那些二十來歲的女老師們，她們在蘭嶼教我們的時候，她們沒有相機，於是沒有跟我們留下美麗的相片，也沒有留她們回台灣以後的聯絡住址，因為我是個安靜的學生，都對我很好。走路的辛苦讓我忽然想起她們，想跟她們說，我考上高中了，想跟她們寫信，寫出我在高中念書的心聲。「沒有留下住址」，她們或許也在為她們的生活打拚吧，我想。一直走，我們一直走，不休息。此時我也想起了，我的同學，我的初戀情人，她和其他女同學去了台中某家工廠做女工，她寫信跟我說，「我很好，我很想念你」之類的，以及小小的生活點滴。發現她寫信寫得比我好。

「到了台東，我要請客我的女朋友，然後給她一百塊零用錢。」布商說。

「好好呢。你們，然後呢，晚上⋯⋯」匹雲笑道。布商國中畢業的時候，他已經是十九歲的青年人了，他這一年是高二生，已經二十一足歲了。他與匹雲是小學同學，他們畢業那年，我們島上還沒有國中學校。但匹雲是我國中同學，他也晚了一年才去念國中，他大我三歲，於是他們談的都是男女朋友的事情。布商問我：

「你的女朋友在哪裡呢？」

「我不知道。」

「我的心臟還在害怕，那個溜索。」時間已經是下午了，我說。

「是的，沒有人會關心，我們漂浮在溜索上的安危。」匹雲回道。想到我們在溜索上漂浮的那三十分鐘，坐在沒有護欄的巨木上，原木如果稍稍翻轉，前後懸盪，我們就立刻掉進人跡罕至的，只有黑熊、山豬出沒的山谷深淵裡，那真的是冒險，心臟會跳出來的感受，在一九七四年二月的某日。走在泥濘的路上，沒有人，也沒有貨車駛經，就只有我們四個不知為誰幹活的山林之陌生人。匹雲跟我一樣是高一的學生，但他已經十九歲了，身體比我結實，體能比我好，他抱怨說：

「神父為什麼把我們的勞力賣給跛腳老陳，難道他不知道『造林』是很危險的嗎？我覺得神父瞧不起我們這些山地人，說『上帝』會拯救我們的靈魂，我們又還沒有死，唉！」

「為了錢，我那表姊甘願嫁給他，唉，錢啊，以後會改變我們的族人呢。」他繼續說。

我走在他們三人的後腳跟，喜愛幻想的我，想到未來的未來，金錢將改變我們族人的想法，改變我們島嶼的面貌，達悟女孩嫁給我們不喜歡的漢人，我們的名字都是漢姓漢名的時候，想到這些，我憂心了起來。

「那有什麼辦法不改變呢？」布商說。七浪跟我一樣，話說得少，他比我大一歲多，但他是我姪兒，他說：

「我在南投的仁愛鄉的仁愛高農上學，我的班上全是台灣各地的山地人，我是普師科的學生，就是政府培養當老師的學生，山地人教中國人的歷史地理等等的給山地人的孩子，也就是說，山地人是沒有歷史的，沒有地理的，沒有文化的，我們要教的，在未來全部變成了漢人的，包括語言，我們的未來孩子就變得只會說『國語』了。」

「很厲害，霧社那邊的山地人，天還沒亮，他們就已經喝酒了，天還沒黑，他們還在喝酒呢！那兒的女同學，有的很白，也有的比我們黑……」

「你有女朋友嗎？在霧社……」

「沒有。她們說，他們看到海的時候，就會暈倒，暈倒起來的時候，就懷孕了。」我們終於同聲的笑了起來，於是匹雲接著說：

「早知道，我就去考仁愛高農。」天還很亮，我斜看他說女人的樣子，即使我們是如此的疲累，他也會立刻忘記了疲勞。

「然後呢？」

「然後懷孕了，就被退學，然後還要賠錢。」

七浪一說到「賠錢」，我們立刻的退回到「飢餓」的情境。在我還沒有出來台灣念書的時候，我的母親，我的祖母，她們都沒有摸過錢幣、新台幣。在我小學時期，也沒有看過一百元的紙幣。布商與匹雲，他們在小學畢業時，就在我們部落的雜貨店「興隆雜貨鋪」那兒當小工打雜。七浪，我的姪兒，我們一起成長，從小就在飛魚，就在傳說神話裡長大，我們摸到錢、銅板的時間是在小四的時候，是跟他的祖母，我父親的姊姊的芋頭田搬石頭做土牆的時候，我阿姨叫我們抓她田裡的青蛙，然後賣給興隆雜貨店的老闆，閩南人，他們夫妻、兩個孩子都非常喜歡吃青蛙、鰻魚、螺絲等的野菜。所以我與七浪第一次摸到錢幣是靠我們雙手抓青蛙（我厭惡摸青蛙、鰻魚）得來的。而匹雲，或者是布商，他們就是把漢人的錢轉交到我們手上的人。

「錢，會讓我們吃飽呢！」匹雲說，他接著跟我們說：

「我與布商在雜貨店工作的時候，有許多的老兵、外省人來雜貨店聊天，喝米酒，吃青蛙、鰻魚，他們常常有計畫地先把老賴給他喝酒醉，我們就把老賴抬到涼台去睡，然後老賴胖胖的太太就叫我們回家，然後他們的房間的蠟燭就會被熄滅。很可憐那個老賴，那個胖胖的女人，在每一次『這樣』的時候，第二天的早上，她就給我們一人十塊錢……」匹雲笑著，然後布商看著匹雲接著說：

「有一次，我們的部落抓到很多飛魚，老賴邊吃魚鰾邊喝酒，喝醉就去隔壁家的涼台睡覺，胖胖的老闆娘就叫匹雲給她『這樣』『這樣』，我就偷看他們『這樣』

『這樣』……」匹雲沉住氣，但他一直在微笑，一直在微笑。

「對不對，匹雲。」

「哈哈哈……是她叫我給她『這樣』『這樣』的啊，又不是我。」

「跟她很多次『這樣』『這樣』。」布商看著匹雲得意的樣子，接著說：

「神父的上帝會不喜歡你呢！」

「又沒有蠟燭，上帝看不見的啦。」

此時，曲折而泥濘的貨車路上的黃土讓我們的運動長褲漆成了多層次的泥土色，我與匹雲來台東念書才半年，或許在白人神父、漢人的眼裡，看不見我們的優雅。他們看見的，或許是他們自身的文化，自身的強勢，那或許是武力，或許是科學，或者是他們的文字。有了文字就可以留下許多的紀錄，好的、壞的，還有許多欺負弱勢民族，不可告訴世人的宮廷備忘錄。跛腳老陳，咀嚼檳榔，顏面邪惡的跟我們說：

「我肯讓你們上山來工作，你們要感謝我呢！」

「拿去，你們的錢。」

以後，在蘭嶼看見跛腳老陳，我一定在他面前學他跛腳走路的樣子，他說，要我們感謝他，呸！我哥哥跟我說：

「他們一天的工資是一百二十塊，我們只有八十塊。幹ＸＸ……」在天黑之前，我們在路邊的台地上鳥瞰卑南平原，卑南溪的左邊是加路蘭港，政府改稱為富岡，右邊是台東鎮，我們坐下來休息，我們再次打開鐵盒，再次砍樹枝做筷子。

「到底我們還要走多久啊？」這是很讓我們洩氣的話，但我們真的不知道還要走多久走多遠，我們走下溜索的時候，是早上的七點半左右，現在已經是要天黑的五點半了。

哇，忽然迎面來了三輛十五噸的大頭貨車，司機約莫是四十來歲左右的閩南人，側眼看我們狼狽的身影說：

「哪裡來的？」

「蘭嶼。」

「啊，蘭嶼啊，鍋蓋[3]，你們好。」在坡度上，他們加足油門爬坡，排氣管噴射出一坨一坨的黑煙，黑煙又很快的被整座是綠葉的森林稀釋，化為無色，此刻我們的臉也變得無色無彩，曲折的路還是要繼續走下去，好像是我們未來的路也是曲折的，或許是我們民族未來未來的未來就是曲折的歷史吧，我往這個思路思考。然而，入夜

3 此時「鍋蓋」的意義，是歧視我們，我們的父親們的髮型似是「鍋的蓋子」，閩南人嘲笑我們的話。

以後，我們已經無力說話了，只剩劈啪劈啪的，疲累的腳步聲，就在晚上十點的時候，我們來到了登山口的檢查哨站。

「哪裡來的？」檢查站，一位操閩南語口音的，穿制服的中年人問道。

「蘭嶼來的。」天氣十分寒冷，哨站讓我們沖洗身上的泥土，球鞋裡的泥土，也給了我們一人一杯熱茶，暖暖身子。

「沒問題，走吧，你們。」終於結束了，我十六歲又四個月，我好累好累，這對我是許多種的想像，許多層次的折磨，也給我立志念大學的心願，我說在心裡。

「我們回來了。」翌日清晨，我們跟賀神父報告。

「很好。」說完後，神父騎著他五百CC的重機車揚長而去，廚師娘跟我們說：「神父去高雄找錢。」

賀石神父似乎不在乎我們跋山涉水去做苦工，以及我們的安全，他也不重視我們的學校成績，他從未與我們個別交談過關於未來的事。但我們稍稍了解，一九七一年紀守常神父在西部車禍過世後，有留下少許的經費給後來到台灣念書的達悟人。我們也感受到，賀神父跟我們的關係很疏遠，他來台灣東部目的是宣教，宣傳西方上帝的《聖經》為職責，而非煩惱我們這群人的學雜費。

我們邊疆生的學雜費比生活費便宜，同學巴雲在台東農工吃學校自助餐，一個月要繳三百元，我與布商在培質院的月伙食費也是三百元，但我們每月都領縣政府補助山地生的三百元，所以神父補助我們的就是一個月三十塊的零用錢而已。

神父跨上他五百CC重機車離開，到我高二升高三的暑假，只見過他一次，也是在星期日的彌撒，之後的第二次，是他發生車禍，右腳小腿打上石膏，爾後回瑞士休養，就沒有再回台灣了。

接著我高二升高三的暑假，白冷教會請了一位台東的，山地籍的神父。我的理解是，他是二次戰後，台灣第一位受過西方正統訓練出來的「神父[4]」，是台東卑南族的，他後來當上花蓮教區主教，姓曾。曾神父就在那年暑假接續賀神父管理我們。

我的姪兒七浪，那年六月也從南投縣仁愛高農畢業，回蘭嶼了。他回我們的母校蘭嶼國小教書，成為第四位蘭嶼籍的老師。然而，我的學長布商被保送到高雄師範學院的中文系，成為蘭嶼的第一位大學生。

「小鬼，你要學習阿波（布商），乖乖的，當個聽話的人。」培質院鄭神父板著臉跟我訓話道。我不是不聽話，而是一直在質疑著神父們說給我們的經文論述，我從

---

4 我後來陸續的遇見原住民籍的神父，最後有兩位跟我關係很好的神父，後來恢復平民身分，與女性同胞結婚生子，以及一位修女恢復女性的生育權力。

小就跟我祖父的兄弟們、我的父母親過生活，聽民族的傳說故事，父祖輩們獵魚的驚豔故事，並且聽得入神，但是到了小學，漢人老師否認我們民族的生活紀實，神父們近乎藐視我們的傳統，認為是汙穢的傳統信仰，是低俗的，甚至說我們要在上帝面前「認罪」。質疑學校老師教育給我們的知識、常識，質疑神父依據西方白人《聖經》的經文哲理貶抑我們海洋民族，我從小學四年級起就是這樣。因此我認為我沒有「不乖」，而是我個人厭惡把我馴化成漢人，馴化成乖順的天主教徒。我心海深層，說不出厭惡被「馴化」的理由，但那些過程，很是讓我情感不舒服。

我與搭馬幣馬正要走路去學校上暑假輔導課，我的骨子內厭惡神父對我們的高姿態，我厭惡他說我要乖一點，但我知道，我學校的成績比布商好很多。暑假輔導課，漢族的同學大多不住培質院，那是因為他們也不願意聽見神父的主觀言論。只有我們四位貧窮的山地人住在院內，也許鄭神父的慣性思維是西方白人的價值觀吧，對於閩南人、客家人、山地人不一定都認同吧，我說在心海中。神父曾經跟我們說過，他在瀋陽時，父母親就信奉天主教了，他在高中期間，東北極為混亂，他就跟隨一位神父去了瑞士的天主教學院，修習修士課程。二次戰後，國民黨來了台灣，但是鄭神父的雙親習慣東北的環境，沒有離開瀋陽。然而，神父接受了西方思潮的影響決定來台灣，先在輔仁大學攻讀碩士學位，也研讀老莊哲學，畢業後，再回瑞士進修西方神學，也在瑞士被封為神父，隸屬白冷教派。培質院是他的恩師布培信神父建立的，當鄭神父再次回到台東鎮的時候，布培信神父以年事已高為由，回了瑞士，之後，培質院交給白冷會，由鄭神父負責管理，繼續培養台東偏遠來的孩子在台東念初中及高中，尤其重視「人格」的正當發展，這就是我們的院訓「明禮知恥」。而我內心世界的想像是，在台東我遇見了不同民族的人，說著不同的語言，聽過不同的神話故事，所以我從小在天主堂做彌撒的時候，就認為每個民族的傳說故事就是每個民族的「聖經」。

暑期的輔導課，我和搭馬幣馬天天在一起，我們在高二暑假學會了抽菸，有一次我問搭馬幣馬：

「你怎麼有錢買零菸。」

「我祖父、父親都是獵人。他們在夏天的時候，打獵打台灣獼猴，很多，他們就賣給閩南人、客家人。那些錢就是我們家的生活費。所以我爸爸給了我二十塊。」

「你會打獵嗎？」我問。

「不會。但是我祖父教我放陷阱。」

「陷阱？」我不知道什麼是「陷阱」。他努力的跟我解釋，畫圖給我看。

「真的嗎？」

「真的。我上星期獵捕了一頭山豬，有一百二十公斤，我們賣出一些肉，我賺了四百塊，都給了我媽媽。」

「哇！」我驚訝的說。他淺淺的微笑，回我的話：「我祖父是厲害的獵人，他每天跟我敘述山裡的一切，包括風吹的方向，獵物的不同足跡……。還有，以後你不可以在我面前『放屁』。」我第一次遇見獵人，他卻是我的同學。說到放屁，搭馬幣馬說得極為認真。我問：「為什麼？」但他不跟我說明理由。

我們走到學校側門，搭馬幣馬走進雜貨店，出來之後，先在店鋪的後面抽菸，然後再去學校。升高三暑假的輔導課，我們幾乎天天在一起，也天天在院內打籃球消耗體力。每當他星期日傍晚回到培質院時，總是攜帶他祖父燻過的山豬來，然後在夜間，神父睡著以後，去豬圈生火烤燻肉，那是我們最快樂的時段。有一天的晚上，妓女戶的女人聞出香味，隔牆問：

「小鬼，豬肉很香，這兒有五十塊，給我們燻肉。」接著又說：

「你們是哪裡的山地人？」

「蘭嶼的。不是，是延平鄉的布農族。」我立刻回道。

「快點拿肉給我，五十塊給你們。」老妓女央求道。搭馬幣馬一百四十八公分的身高，雙手伸展扒上空心磚上，便立刻把右大腿跨上去，左大腿在我這邊，說：

「燻肉給你。」就這樣我們有了五十塊。沒多久，老妓女再說話：

「嗯，很好吃。還有沒有。」

「沒有了。」

「我每星期一到星期四，我在這兒工作，如果有山豬肉，賣給我。」

「好。」搭馬幣馬即刻回答。我們洗好手，刷好牙，安靜地打開宿舍的門，找了自己的床，坐了下來。

「你們去哪裡啦，你們？」一位阿美族同學[5]傻笑地問道。

「是啊，你們去哪裡啦，你們？」排灣族樂凱[6]也說話了。

「我跟齊格瓦在豬圈旁邊烤肉啦。」搭馬幣馬即刻回答。

「不叫我們，唉呀。」

「不會太老，那個妓女。」搭馬幣馬似乎很興奮，精神抖擻了起來，又說。

「講什麼啦，你們？」樂凱問道。

---

5 他後來被保送到高雄醫學院，畢業後，他也來過蘭嶼衛生所當醫師主任。原住民小說家醫生田雅各的學長。現在自己開業。

6 樂凱後來考上國立成功大學外文系。現在是東海岸某個國中的校長。

「哈哈哈哈……」搭馬幣馬很樂地笑著。
「快點說啦！」
「明天，我們去吃豆漿，加燒餅油條，再說好嗎？」
「那是你的錢啊！」
「我請客啦！再請那樂凱，好嗎？」
「阿忠，你爸爸是警察，你有錢，我不要請客你。」

吃早餐的時候，搭馬幣馬跟樂凱敘述我們昨夜發生的事情。
「真的，還是假的。」
「真的啦！這五十塊就是那個妓女給的。」
「漂亮嗎？」
「很暗啦！看不清楚啦！」
「晚上，我們偷看她們，好嗎？」樂凱認真的問我們。

我們三人念的是社會組，阿忠是自然組，是最好班的學生。樂凱是社會組最好班的，是信班，我是第二好班，和班，搭馬在第三班，稱平班，就是放牛班。中午的時候，培質院都幫我們四位山地生以及五位漢人同學，做極為簡單的便當。我的幸運是，有兩位非常要好的同班同學，一位是外省人，父親是台東法院的檢察官，一位是住卑南鄉下檳榔的閩南人，父親在台東鎮開米店，我們三人都是家裡的獨生子，每到中午他們都分享給我豐富的便當菜餚。但是他們不與搭馬幣馬、樂凱交往，只和我交流。所以到了學校，我們三人就分開。

社會組的最好班，就是樂凱的班上，那一班還有三位阿美族的，大專聯考的時候，一位考上中央大學，一位跟樂凱一樣考上成大的外文系。我班上一位阿美族，三位排灣族，一位卑南族的，這些山地生同學都在畢業後的兩年內考上大學。只有我在四年後，才考上淡江大學，算是我們那一屆東中山地生最差的一位。

每天的輔導課結束，培質院的學生都被神父禁足，禁止晚上出去逛台東市，所以我們四人放學回培質院後，籃球就是我們最好的娛樂，當然我一百七十五公分的身高，以及我個人對各種球類的球感都勝過他們三人。於是籃球鬥牛，阿忠與樂凱一組，一百四十八公分的搭馬，與我同組。我們四人，除了學校制服以外，我們就沒有其他的有色衣服。打籃球讓我們滿身是汗，年輕小夥子，神父允許我們穿內褲打球，每一天每一天的傍晚都是如此的快活。我們四人都已歸化為天主教徒，每星期三的晚餐過後，我們就陪神父在院內的禮拜堂念讀經。他訓練我們站起來朗讀經文，因為這樣的訓練，讓我們閱讀國語課的課文不再緊張了，我也因此認識了許多的漢文單字。每星期的經文時間，神父導讀完畢之後，就陪神父在籃球場內散步，幸好阿美族的同學阿忠，他不單單成績好，同時也很愛說話，讓我們這三位山地山胞，所謂的生番，少說了幾千句的對話，這正是我最需要的同學，可以讓我少說話，他也是我們這一屆，神父最愛的同學。

過了兩星期，搭馬幣馬又從家裡帶了一些燻肉，那天傍晚神父騎偉士牌出門後，他找我說：

「吃飽飯，拿一些廚餘，餵神父的狗。」神父有兩隻狗，一個是半土狗，另外一個有一半的狼狗血統，非常凶，會攻擊陌生人。神父知道我喜歡狗，只要他不在，這兩條狗都是我在餵食，這是我喜歡的差事。神父外出，只要是在市區，他都在晚上十一點回院裡，而後就寢。

阿忠是很乖的阿美族人，住關山，父親是警察，但他們家不說阿美語，而說閩南語和日語，平時他都說閩南語跟閩南人同學溝通，對我來說，這一點很奇怪，就是不會說阿美語。他每天晚自習後的十點鐘準時就寢睡覺。然而我們的自習教室可以到十一點半，之後教室就關燈，不得再複習功課了。

就在神父外出的時候，搭馬清理且放置好烤肉用的乾柴。夜半我們三人走進了豬圈的角落，關於烤肉的事，搭馬是個老手，也是超愛吃豬肉的民族。火勢旺的同時，搭馬拿一根長壽菸給我，樂凱很驚訝我們的抽菸習慣，搭馬說：

「放心，柴煙的味道勝過香菸味。」

「我不會抽菸。」樂凱說。我們邊吃烤肉邊抽菸，就在此時，搭馬打開皺褶的牛皮紙，紙包裡有一個透明的塑膠袋，他解開袋口的時候，卻是我最討厭的味道，「紅標米酒」，卻是樂凱的最愛。

「要不要喝？」搭馬問我。

「不要，」我說。此時，搭馬抽菸，也喝米酒，樂凱喝酒，不抽菸。

「你們會喝米酒啊？」

「從國中就開始喝了。」哇！我心裡想，國中就開始喝米酒，我好奇地問：

「誰教你們喝的？」

「不用人家教，嘴巴打開就可以了。」他們笑我傻。搭馬拿了三個吸管，他是菸酒都來，我選擇菸，樂凱選擇米酒。他倆喝得不亦樂乎，久久久的，那一夜，那個妓女沒有出來，我們從空心磚破損的縫隙窺看她的房間，只有一盞暗紅的燈。搭馬覺得不對勁，就爬上豬圈旁的一棵樹，探個究竟。這個「探勘」，不探勘就沒事，一「探勘」，就看見男人的半個身子，一條腿壓住那個女的。搭馬爬下樹來，輕聲地跟我們說：

「他們『這樣』『這樣』。」於是我跟樂凱也爬上樹，真的是一半一半，看不到「整座山影山身」（搭馬幣馬的形容詞）。然而，我們三人發現「探勘」這件事，比我們抽菸、喝酒學做壞事，來得更為緊張，我們心跳加速，砰砰碰碰，砰砰碰碰的，臉孔紅脹了起來。這個「探勘」，好像是《聖經》裡說的，我們有「罪」，那個「罪」，就是「偷窺」罪。三位山地青少年為了好奇學抽菸，是社會規範所不許可的，當無意中「探勘」到山影山身的時候，我發覺在我們內心底層是部落的清純生活，民族的傳統價值讓我們害怕。

「走，我們。」此時他倆已把塑膠袋裡的米酒喝光了。搭馬收拾好牛皮紙，放進自己的制服裡。豬圈前面就是我們的廁所，再前面兩公尺就是走上宿舍的水泥樓梯。我們的腳步就像獵人遇見獵物時，那般的輕盈，從教徒的視角，我們是罪人，就是孔子說的「非禮勿視」。上了二樓，身子半蹲，靜悄悄地扭開洗臉的水龍頭，洗淨雙手，洗淨嘴巴，但洗不淨偶然遇見「非禮勿視」的不安。最困難的是，就是從浴室走到宿舍的這段走廊有二十公尺長。如果鄭神父在球場散步，我們就走不回宿舍大門。幸運的是，神父早早就睡了，讓我們可以平安地進入宿舍。

「非禮勿視」，其實，這個「禮」字的意義，迄今我依然深深不明瞭。我民族是部落民族，部落社會的關於「意淫」是單純的，我小時候，部落婦女皆是坦蕩裸身的。所以，巧遇「探勘」，對於我沒有構成強烈的好奇，即使搭馬、樂凱也是。然而，事實上，我們的漢人同學對於「探勘」這件事的興趣勝過我們百倍，其實，他們真的是如此。漢族穿比較多的衣服，我們穿得少，而「非禮勿視」更是漢人家庭倫理的基礎，當下，我想像我島嶼的湛藍大海企圖驅除我「非禮勿視」的罪惡感。

整個升高三的暑假，我們四人都待在培質院，沒有零用錢也就省去了買零菸長壽的欲望。賀石神父發生車禍，回去故鄉瑞士復健，彼時管理我們這群蘭嶼青少年的責任，落在卑南族籍的曾建次神父的肩上，培質院隔壁建築也是天主教的資產，稱之青年活動中心，也由曾神父接管。山地神父與外省神父共同在自己的教堂執行上帝的旨意的同時，他們是互不相往來的，彷彿是陌生人似的。

有天，我們四人陪鄭神父在院內的籃球場繞圓圈散步時，神父忽然冒出一句話，說：

「努來，你考不上大學，或者沒有被保送念大學的話，你要不要我推薦你，去台北輔仁大學念神學，神父想培養你當你們島上的神父，當然先念修士的課。好不好？」神父邊走邊說。說完，樂凱與搭馬便捧腹大笑，仰天露出白白的大門牙。我們邊走，他們便捂著嘴角，流著歡笑淚，而我恰似被雷電擊的，哭笑不得。

「新發（樂凱）啊！你說努來回蘭嶼當神父，好不好呀？」

「哈哈哈哈……，要問努來同學啊！」搭馬在我身邊，他極力的捂住嘴巴，深怕自己吐出胃裡的食物。

「你們笑什麼呀？神父說的是認真的，你們四人當中，就屬努來最沒有實力考上大學，再說，當修士後，可以遊歷許多地方，幫助貧窮人……在輔仁大學念四年書，都由神父資助。好不好呀？努來。」

我一時接不上話。「我要跟我父親商量。」我回答神父時，已經流淚了。我不認為，我考不上大學；我也不認為，我很早就有性行為就不可以當神父。但我肯定，我絕對不是個「好神父」。

「努來，你想想，隔壁的年輕人蔡貴聰（後來的瓦歷斯．貝林立委）修士，他就是輔仁大學的哲學系，正在修神學，將來他就是泰雅族的第一個神父。你看他不愁吃不愁穿，多好啊！」

「可是，努來有女朋友呢。」阿忠回神父的話。

「現在有女朋友是正常的，當了修士就要七根清淨了。」達馬與樂凱繼續的撕裂嘴角，狂笑。我們繞著籃球場，對我而言，好像繞了一年的地球，心裡是氣憤又好笑。氣的是神父隨興考驗我的同時，也是很深層地羞辱我、折磨我。理由很簡單，那是我與漢人同學在豬圈抽菸的時候，被神父抓到，本來神父要把我趕出培質院，後來經過努力寫悔過書，以及卑南族的曾建次神父擔保，並簽下「不可再犯錯（抽菸）」的字據，我才能在培質院住滿三年。我笑的理由是，搭馬與樂凱，他們兩個不可思議的得意，就是他們有實力考上大學。

而我，被神父說成近似「詛咒」的語氣，我百倍的不服氣。來台東高中念書，此時將邁入第三年，寫了幾封信給父母親，但願小妹有幫我翻譯，我在台東一切安好的近況。神父似乎對我們山地人有偏見，他清楚在他管理的院內學生，山地人的學校成績，不可能好過漢人學生。他一直認為我們的資質遜色於漢人，但我不認為是資質，而是成長環境的差異和語言使用的不同。

我們大專聯考前，讀書衝刺的幾個月，也是決定我們人生曲折、困苦、平坦、順遂的重要階段。升上高三後，院內的慣例是，寫一篇作文「將來的志向」。這個作文「題目」，我在蘭嶼的國小、國中都被逼想像，書寫每一個人的「志向」，或云「志願」，這是我人生迄今最困難書寫的議題。

那時候，阿忠想當醫生，搭馬、樂凱都想當國中教師。基本上，我們同學中鮮少寫志願是「商人」之類的，泰半都是安定的工作，如公務員；但在我們東中的同學中，沒聽過有人想當外交官、總統等等。我的問題是，在現實社會所謂的工作，就是可以養家餬口、賺錢存錢的「職業」，但沒有一項是我心裡真正想做的工作或職業，困擾的同時，我自然就寫不出來。我想寫「漁夫」，或「造船者」，這個「職業」根本上就是神父腦海裡的垃圾職業。他希望我們當律師，當醫師，當維持社會治安的警官等等的，也就是說，神父的教育觀，就是要馴化山地人，變成漢人，這就是他的中心思想。神父經常說我不乖巧，是因為我內心強烈抵抗他灌輸給我的孔孟老莊思想，以及西方白人的上帝是唯一的神的信仰，同時蔑視我們山地人的傳統信仰、儀式祭典，說是落伍的文明。

我佩服搭馬的作文裡的志向，有二，一是當個稱職的國中歷史老師；第二，做個山林裡的獵人嚮導。佩服樂凱，他想當老師，求學過程期間的自我的勵志是那麼早熟，志向清楚。反觀我自己，寫「志向」還不到三行字，一個小時半交卷時間到後，我茫然的交出不到三百字的作文稿紙。志向一片茫茫大海，極度的茫然。一星期之後，阿忠跟我說，神父找我們。我們在東中時期，所有的成績單都必須經過神父蓋章，才交給學校。因此神父理解我學校成績不差，就數學幾次的紅字，不及格以外，大致上，我的成績還差強人意。

「努來，人生必須有『志向』，才能保握住人生的方向，知道嗎？」

我沉默不語，因為我真的不知道我的志向是什麼。記得我的祖父、我的小叔公，他們都曾經跟我說過：

「不可以在漢人的學校變得聰明，因為你會被帶去當兵，當警察。」軍人、警察是我當時祖父輩的族人最恨的身分，這是因為跟「殺人」有關係的。我的祖父輩們，認為人的「性命」是可貴的，不容他者踐踏他人的性命。當我們在念高中的中國歷史，念〈正氣歌〉的文言文課文，漢人的歷史，改朝換代幾乎就是「屠殺」建構的歷史，我個人念中國歷史是為了「大學聯招」的考試而念的，因為祖父的啟蒙，「殺人」是人類最殘忍的事，因此中國漢人的歷史，我個人的認知就是「殺人」的歷史，因此我念中國人的史，極為不安，極為厭惡，許多西元前、西元後的阿拉伯數字，我完全搞不清楚。於是歷史成績都在及格與不及格之間徘徊。

事實上，我很想在漢人的華語學校變得聰明，變得被老師疼愛、讚美，我真的是如此想像的，包括我的態度。到了台東培質院，鄭神父在成績單的操行評語是：「本質尚可，資質劣鈍」。資質，我猜想是我的數學、歷史、國文成績都在及格與不及格之間徘徊，不符合依漢人中華文化馴化山地學生的層級，我如此臆測。

三年級的下學期開學後，我們幾乎都為了聯考在複習功課，關於「複習」，我的態度極為散漫，同時，最後的半學期，搭馬幣馬已搬回他部落的家，與家人住在一起，這是因為他在高三下學期就當了爸爸。他的太太是他國中同學，也是布農族人，身高是一百六十二公分，他們生了一個純布農人的小女孩。

「同學，我已經當了爸爸。」在學校工藝教室角落抽菸時，他叼個菸跟我說。

「哇！」

「就這樣了啊！」我們彼此沉默，沉默是因為不同民族，對於自己認識的世界有所不同的。當我在國三有性行為的時候，最擔憂就是未成年卻要為人父，幸好，這件事沒有發生，讓我對人生的浪漫想像可以隨心所欲，讓我可以浪漫，繼續幻想，沒有壓力的成長。

一九七六年，四月的某天，阿忠帶我去見神父。神父的臥室的前廳，有一張三尺寬，四尺長的好桌子，神父說：

「你簽這份文件，推薦你去輔仁大學念神學。」

進神父的家門之前，阿忠跟我說：

「你就先簽字，畢業後，你就流浪，神父也沒有辦法的，先簽字，先讓他對你放心。」我認為，這是個好辦法，我因而假裝微笑，說：

「謝謝神父的關心。」

從那一天起，神父開始關照我，每天的晚餐後與阿忠、神父散步到海邊，神父開始跟我敘述天主教史，耶穌顯影的奇蹟，羅馬帝國欺壓穆斯林教派的史事等（可惜，我聽完會立刻忘記，我不知道原因，就像自己記不住文言文一樣），簽了去輔大念神學的名，彷彿神父已馴化了我似的。

一九七六年的五月，學校布告欄張貼了一張紅色大字報，漂亮的寫道：

「恭喜，高三愛班林X忠（阿忠），保送高雄醫學院。」

我們學校每一年的這個季節，奏起畢業驪歌之前，奉台東教育局之令布告保送大學、醫學院的山地生之「大名」，那是很榮耀的。從那一刻起，阿忠在培質院變得極為輕鬆自在，不再埋首苦讀，挑燈夜戰，天天打籃球。

「培質院」裡的山地籍的學生，幾乎包辦台東中學保送大學的名額，以及榮耀，這就是鄭神父的功績。可是，關於保送師大，或高雄師院的日期比前一年晚了一些日子。但還是在我們畢業典禮之前公布了。

「恭喜，高三和班施X來，保送國立台灣師範大學音樂系。」

「哇！師大音樂系。」我說在心裡。學校布告欄的大字報，寫著阿忠與我的大名，「激勵學校山地生奮發圖強」的意味非常濃厚，那也正是「中國國民黨」實行的馴化山地同胞的德政。事實上，全台灣保送成績優等的山地生念各縣市的師專、師院、師大、高醫、北醫等等的，在我一九七六年高中畢業後，台灣省政府山地行政科，繼續辦理中國國民黨中央黨部「馴化生番」的德政。當然，當年還是國民黨一黨治國的威權年代，我的意思是，後來被保送的山地生全台山地鄉都有，成為國民黨選舉時的最重要的「義務黨工」，循環帶狀的成為國民黨在山地鄉得利、得力的樁腳。日後，這群山地人醞成為義務黨工，山地鄉的情報特務，實力龐大。

「恭喜你，保送國立師範大學音樂系。」鄭神父慣有的，歧視山地人的面容，姿態很高的眼神，接著又說：

「努來，好好念，做個蘭嶼人的楷模。」

然而，我很怪異的感觸是內心深處沒有像阿忠，或者像去年，我蘭嶼國中的學長布商（蘭嶼第一個大學生）那樣的喜氣洋洋，或說得意，或說覺得人生道路一帆風順了。當時我思索的是：

「我的父祖輩們給我的家訓，首要是海洋、天候，大自然的不可測，你必須培育自己的憂患意識，要勤勞，勞動，家裡要儲備糧食；意思是，人的一生絕非平坦無礙。於是『不可以在漢人學校變得聰明』，翻譯後的意義是，不可以做漢人的奴役，百般順服，沒有自主性的笨蛋。第三，你要靠自己學會抓魚，學會造船，學會吟詩，才會學會分享。第四，一九六七年暑假，一位政大的學生跟我說過，『世界很大』，人的一生被教室（老師）鎖碼，人生就沒有浪漫，也就沒有起伏不定的美麗彩虹。」

於是乎，在陸地上被馴化後的「一帆風順」，國民黨恩賜的「一帆風順」，在我十歲起就已經是我人生的禁忌，就如我父親三兄弟頻繁跟我說的：

「不經一番寒澈骨，人生就沒有詩歌好創作。」

於是乎，「保送」的大字報給我的是反思，而非光耀門楣，而非國立師範大學的大學服。我雖然如此說，其實我內心的世界是：我來自於蘭嶼島，是台灣最為樸實的「山地鄉」，我說國民黨的語言差，說國語也差，寫國語的文章差，中國歷史知識程度差，況且，高中三年一直看不懂五線譜裡的豆芽菜。最重要的是，我極度抗拒拿漢人所有的一切教具、思想來「馴化」自己的族人，寧可做個獨立自主的浪人，不願意依據中華文化「教化」自己的族人，我認為，那是我洗不清的罪惡。

「努來，好好念，做個蘭嶼人的楷模。」這是在詛咒我變成被馴化之後的笨蛋。

「我會努力的，謝謝神父。」我口是心非的答話。

那個星期六，我搭乘往豐濱[7]的公車，一小時半的車程，我在長濱鄉的長濱村下

7 台東縣與花蓮縣的界線，一個阿美族的部落，長虹橋連接兩縣。

車。我一下車就問街上的菜販：

「我是韓太太的弟弟，我姊姊的家在哪？」

菜販在路邊立刻吶喊的吆喝：「韓太太[8]，你的弟弟在這兒。」

「多威（閩南語）？」

「底關刀（閩南語）。」數秒的時間。

「O...siwari, siwari, Osiwari, siwari..., Osiwari, siwari.（歐，我弟弟、我弟弟……歐，我弟弟，我弟弟。）」她邊流淚，邊喊我族名的跑過來（背起不足三個月的男孩，左手抱一個兩歲多的三女兒，右手牽四歲多的二女兒）。

「好久沒見到的姊姊。」她離棄父親與我的時候，還是亭亭玉立的姑娘，當下已是五個孩子的母親了。

姊姊在兩歲多的時候，母親因難產而仙逝。因此，她對於母親的影像、記憶等於零。父親忙於抓魚，種地瓜、芋頭、山藥，造船……，她的成長完全由她的外祖父陪伴。她進了華語學校以後，爸爸開墾幾塊旱地給她種地瓜（成熟期短），芋頭田給她練習種芋頭，她於是開始照顧她的外祖父，相依為命。我出生時，姊姊已經十三歲了，十六歲加入救國團蘭嶼山地青年服務隊，十九歲跟我姊父私奔去台東岩灣。此時，三十二歲的姊姊已經是五個小孩的媽媽了。

「走，我們回『家』。」我喜極而泣，抱起姊姊的三女兒。走了五分鐘，向右轉就到了，恰好是雜貨店的對面，很好認。姊姊租的房子是一間八坪左右大的茅草屋，一個房間，但有鋪水泥地。姊夫在這簡陋的客廳，有張桌子，擺放當季的水果，以及幾根已燒盡的香柱，插在碗公裡的生米，桌子貼在竹子、黏土合成的牆壁，壁上有張八開的紅紙，墨水筆跡，姊夫寫道：「韓氏列祖列宗」，姊姊說是馬卡道族的鄰居們教他們這樣做的。廚房在外頭，也是茅草搭建的，有一個小冰箱，瓦斯爐（桶），以及一個磚塊做的——燒熱水澡、擀麵，蒸饅頭時，用木柴生火的爐灶。茅屋外的面海右邊是茅廁，挖了一個坑，放上一個中型的水缸，缸口墊上兩個可以移動的板子（弄走糞便方便）。家屋前的空地是沒有鋪水泥的灰色土，茅屋廚房邊，有一棵蓮霧樹，在結實的樹枝上綁了兩條繩子，還有固定的板子，是給孩子們育樂用的鞦韆。我坐在鞦韆上，抱我的姪女，二姪女乖巧的坐在乾燥的土上，一雙大眼睛一直看著我（三個女兒都比我姊姊漂亮），心裡想著，我這幾位姪女、姪兒是漢族與海洋民族的結晶，

---

8 我姊姊十九歲跟山東籍的姊夫坐軍營補給船私奔，在一九六三年。一九七六年六月，十三年後，我才再見到姊姊。她拒絕回祖島，她拒絕她的兒女（兩男三女）身分是山地山胞。我不足六歲，她就遠走高飛了。我生於一九五七年，她生於一九四四年。

但是姊姊教他們的，是認同大陸山東省的漢族身分，感覺姊姊的心態，完全的拒絕了她基因內的祖籍身分。當然，我也知道，我父親還沒有見過這五個外孫，換言之，姊姊還沒有我們達悟族女性升格為母親時的「族名」，例如，女性改名為「西婻・某某某」，就是某個孩子的媽媽，以第一胎的孩子名字改變自己由單身變為人母的傳統名字。

兩個美麗的姪女，有雙美麗的大眼睛，明顯的雙眼皮，很親近我這個陌生而唯一的舅舅，真是可愛極了，我喜悅地流下我在異鄉的十多滴的親情淚水。如果父親知道姊姊已經有小孩的話，那真的是，如在天堂般的喜悅，這是我可以想像的。很快速地，姊姊擀了四十個水餃，我們一起吃。

我左看看，右瞧瞧，這就是姊姊在台灣租的房子，比蘭嶼的家更為簡陋，更不穩固，也更是寒酸。姊夫是海防連的，班哨就在往海邊走的長濱國中邊。此時，三十出頭的姊姊是高興地流淚，還是遇人不淑的淚，我不知道，但我知道，姊姊一心一意就是要嫁漢人，我們民族第一代嫁給異族的女孩，她說：

「齊格瓦，回家的話，跟爸爸說，『你有五個孫子，兩個男的，三個女孩。』」

「好，我會跟爸爸說。」

「如果爸爸有錢，請爸爸來長濱，為姊姊，為他的孫子們取族名。」

「好的。」

說完，姊姊笑得甜美，從我國小起，十多年我沒見過的笑容，一位從小就靠自己種芋頭地瓜、抓螃蟹、抓龍蝦養外祖父的女孩。

姊姊圈選的男人是山東籍的，不太識字，隸屬海軍的士官階級，長得很帥，沒有存款。姊姊選擇的人，是現代社會中的外省軍人，屬於位階最低的，是真正的貧窮人家；在祖島，姊姊拋棄的男人是，傳統達悟男性的身影，是苦幹實幹的人，因為也跟父親一樣，過達悟人的生活模式，但不是貧窮人家。然而，姊姊選擇了她心內的帥哥，這個山東人帥哥，卻是個十足的好高騖遠的人。姊姊天生是個最真情的，一個苦幹實幹的女性。孩子們在晚上睡著了以後，姊姊就去海邊抓龍蝦、九孔、螃蟹來貼補家用，一直到二〇一八年的今天，姊姊還在抓，她被長濱的人稱之「海龍女」。

「姊姊，原來這就是你選擇的生活。」但她從未說過「苦」字。可愛的五個小孩，讓我多住了三天，讓我們姊弟倆保有一生的感情。

「齊格瓦，姊姊沒錢幫你買回台東的車票，弟弟，對不起。」五個小孩，五十個掰掰的手掌，五百滴的淚水。

「齊格瓦，你就去念師範大學，當老師會改變你的生活的。」

「謝謝，姊姊。」是的，百分之九十的山地人，在當了老師以後，生活真的富裕了起來，但這個職業不是我要選擇的。

一九七六年六月底，畢業以後回家陪父母親。蘭嶼鄉國民黨鄉黨部在我家也貼上恭喜我保送師大的紅紙，黑毛筆字的大字報，他們走後，就被我撕裂，丟到爐灶。我國中小同學沙浪，他在台東鎮做了三年的水電工學徒，離棄雇主的理由，完全跟我們幾位當學徒的同學一樣，就是閩南人「拉長工時，壓縮薪水」，附帶歧視。

我們倆一起再次的乘坐八小時的船回祖島，蘭嶼。回家之旅，這一個月的時間，就是決定我人生是曲折大道，抑或是走被馴化的羊腸小徑。

島上的監獄依然監禁許多台灣來的現行犯；退輔會的指揮中心，依舊在我部落面海的左邊，他們在早晚依然繼續執行升旗、降旗的典禮儀式。彼時我部落的許多混血兒都上了國中，念了小學，他們有說有笑的跟我說：

「你是大學生了，大學生了。」已是高師大學生的布商也來我家，恭喜我，並對我耳提面命什麼什麼的。他在國民黨鄉黨部打工。我們島上，第一家外來的雜貨店「興隆雜貨店」，店主是台東的閩南人，第二家就在隔壁，稱「人人商號」，就在國民黨鄉黨部隔壁，老闆是南投埔里人，於是這個小區塊變成國民黨、共產黨、外省人、閩南人、山地人老師、警員、公務員等漢人匯聚交流的地方，而胖胖的雜貨店老闆娘賴太太，就是這群異邦單身男性，喝酒閒聊時，讓眼睛飽足，性幻想的對象。

她似乎就是這個化外之島，移居這兒的漢族男性所有的眼珠與內心中不可撼動的，四十來歲的肉感美女，叫「靜美」。她一聲吆喝：「你就別計較，凡事就算在我頭上。」劍拔弩張的微醺之徒，一聽肉感熟女之撒嬌，那些大陸來的，台灣來的，綠島來的，金門來的，澎湖來的，馬祖來的眾單身漢的生殖器就軟化了。她善於交際，圍事，當和事佬，也是麻將桌上的常勝軍，她就是我們島上，在當時唯二的「胖胖」女人，另一個是西部彰化來的閩南人。

「老廖，老羌，你們幾位，今晚要不要吃可以壯陽又補血脈暢通的野生九孔啊！現成的，我請部落的山地人去潛水挖的……」那年暑假，打從我回家開始與沙浪潛水挖野生九孔起，從未有人拒絕過靜美熟女。於是，胖媽成為我們的最得力的推銷員。同時，我們島嶼沒有「軍中樂園」，傳說中的八三一俱樂部。

「好的，沒問題。再弄些青蛙、鰻魚、花生米……」

「我說呀，靜美姑娘，你是這個鳥不生蛋的島嶼美女啊！」來自陝西的士官長老廖，就數他的嘴角最甜，眼神附帶如角鴞般的飢渴，很重的性飢餓，但是人很有親和力。

「哎呀，老廖啊，哪比得上你老家的姑娘啊！」

「是呀，靜美那比得上你老家的嫂子啊！」（眾人大笑）

「就算楊貴妃復活，哪有靜美的美啊，靜美的肥屁啊，老羌，你說是不是啊？」

「再說啊！我們大陸，從義和團起的滿清政府，到我們這些人的國共征戰，大陸上各省的姑娘都處於水深火熱中啊，哪有『美麗』可說呢！」

島嶼的夏季夕陽，餘暉照射大海，夕陽的金黃隨著陽光的溫度變換變化，漣漪的柔和波浪，多變多彩的彩雲給異鄉客充滿「鄉愁」的寂寥。胖媽熟女請我與沙浪在雜貨店面海的空地擺上五六張桌子，幾張長板凳椅。然是，夕陽的天然美景抵擋不過胖媽熟女穿著寬鬆撩人及膝的洋裝；那時段，往往是晚風輕拂，夾著海洋的鹹濕度，胖媽熟女的身影無論是側身的，正面的，或是背面的，都讓這群漢族男人像是多年浪跡於大漠南北的臭漢子，一百年沒看過的濕度高的胖女人，漢族男人在化外之島，高度暴露了飢渴的糗態，即便是無意間碰觸到胖媽熟女的肥臀部，那些臭漢子，無論是軍官，士官，科長，主任，所長，警員，或者是自由行的囚犯，沒有一位「不流淚」，恰似熱鍋上的蚱蜢，活奔亂跳。

肥屁靜美有一對一男一女的孩子，分別小我們兩歲、四歲，就在蘭嶼國小念書。她的先生，老賴，是台東的閩南人，個兒中等，超過一百七十五公分，身材消瘦，嗜喝米酒。他做外務，經常與分駐所所長，也是閩南人，聊天喝米酒，分駐所就在興隆雜貨店幾步路的隔壁。他跟所長嫻熟，不是因為同是閩南人，而是老賴常常透過分駐所的「電話」，打去台東叫雜貨補給。當然，這個「便利」的代價，也便利了所長與肥屁靜美之間的「良辰美景」，當然，老賴知曉與不知無關緊要，賺錢還債是重點。靜美女士，我後來的認識，是那群當時的我們島上的，被大島貶抑的閩南籍的老師，說閩南語傾訴心事的最佳對象，更是那群大陸來的鰥夫老兵「解夢」的對象，中年大兵的媒婆，帶來歡樂給大家，稀釋我們島嶼內的那群士兵之間的「國共」紛爭。「反攻大陸別說啦，你們就等著小蔣的安排吧！」「小蔣的安排吧！」我最常聽到的一句話。

她更是我的恩人。

「齊格瓦[9]，沙浪，你們努力挖九孔，我都買，你們就有錢去台灣。」靜美跟我姊姊同年，但是早婚，為人海派，從一九六〇年就在我部落開設雜貨鋪，生意鼎盛，直到老賴得了嚴重的肝病，在一九七八年回台東故里了。她的離開，讓人家懷念她跨民族跨階級的一視同仁的海派性格，最難忘她的一句話：「就別計較吧！眼前的海洋，如此的廣闊，有什麼好爭奪的啊！」

一九七六年的七月，我收到了台東縣政府教育局的函，叫我去台東教育局報到。

9 老闆娘靜美喜歡用族語叫我們的名字。

那時候，父親巴不得坐船去台東長濱探望女兒的孩子們，他的孫子們。他常常哭著跟我說：

「何時去看我的孫子？何時去看我的孫子？」這句話，父親跟我說了千遍。戶政所登錄父親的出生年是一九一七年，是不是正確，對他對我都是不重要的。姊姊是父親的第三個小孩，前面兩個男孩相繼夭折，是我們沒見過的哥哥們。父親厭惡漢人，姊姊卻偏偏要嫁給漢人，喜歡漢人。就在姊姊即將跟我姊夫私奔的前幾天，姊姊哭喊怒道：

「我要嫁給吃米飯的漢人，我不要再吃芋頭了。」父親深愛著姊姊，父親更是抓魚好手，姊姊從小就吃最美味的紅石斑魚、龍蝦……。父親十多年沒見著姊姊，知道我要帶他去見姊姊的時候，地瓜、芋頭、魚乾，他都備妥了。第一代嫁給外族的達悟女性，幸不幸福也非我姊姊那一世代所追求的，而是追求米飯、饅頭，幸福是遙不可及的想像，近乎是幻覺。那些天與姊姊同住，她更顯得貧窮，更顯得孤苦寡言。彷彿新的文明忽然降臨於我們祖島，還來不及調適，就被逼得提早成熟，在外來的與內部的漩渦流區摸索，與傳統脫序脫鉤，也就變得亂了想像，亂了語法。

父親穿了不知哪兒來的襯衫，以及長褲，沒鞋子，拎著拖鞋，坐在台東公路局車站候車椅上說：

「從這兒坐車去你姊姊那兒，要繞我們島嶼幾圈呢？」

「可能三圈吧！」我胡亂瞎說。父親當時六十來歲，我看得出刻畫在父親臉上的，迫不及待，立刻想見到姊姊的那股不安的喜悅之氣。

「馬然，很快就會到姊姊那兒的，只要兩個『數字[10]』（兩小時的意思）。」沙浪跟我父親解釋。父親在車上想像長濱是什麼樣的「村落」，問沙浪：

「長濱有海嗎？有礁石嗎？」

「馬然，表姊住的地方有海，有礁石。」

「那就好。」我和姊姊、妹妹從小就是吃父親捕的抓的魚、龍蝦、章魚、五爪貝等數不清的海鮮。父親很清楚，只要有礁石，他就知道棲息的魚類生物。父親的皮箱是二十年前，當村長的時候，中國國民黨贈送的。我的包包則是靜美胖媽給的，還有我高中時的書包。

台東的海岸線吸引父親的目光，公路邊的夏季景色，綻放著沒有人為傷害的野性美，公路邊也有著一些阿美族的聚落，阿美族人揹起鋤頭、籐籃上上下下，說著我們聽不懂的語言，也有些閩南人開設的雜貨鋪，男男女女聚集閒聊，和樂融融。到了成

10 傳統上，達悟人說小時的時候，都是引用阿拉伯數字，沒有分，沒有秒數。

功漁港，我們下車，轉車。我說：

「亞罵（爸爸），這兒是Singku（新港），還有一半的數字，就到姊姊家了。」

「三九碰（日語，三十分鐘），」沙浪接腔道。

「好遙遠啊，你姊姊的家。」遙遠，那是新民族帶來的距離，鐵殼船帶來的移動的距離，公路局車計算的公里數，車價差別。「遙遠」是啟動思念的親情細胞，也是彼此疏遠的無限距離。

「你姊姊那兒，真的有礁石嗎？」

「有的，」沙浪幫我說話。孩子們，我跟你們說：

「『礁石』就是海裡的島嶼，海裡的島嶼愈多，數不清的海洋生物就愈豐富，我們人類的海洋食物就不虞匱乏。第二個，『礁石』，它的意義就像是我們部落頭頂上的sukujo（氣象站），礁石會預告給我們颱風來的遠近訊息，沿岸的礁石混濁的時候，假如魚類拚命啄喙礁石上的綠葉，就是『藻類』，那你就要趕緊做防颱的工作。第三，我們是你姊姊的『礁石』，就是你姊姊的客人。」

哇！我心裡想，原來「礁石」，還有這些意義啊！我個人從漢人的小學到高中沒有聽過的「課文」。原來父親問我，關於我姊姊住的地方，是否有礁石是他判定魚類生態豐腴的理由，原來父親帶著他的雙目的簡易水鏡，就是得知姊姊住的地方有礁石啊。六十歲的父親，依然身手矯建，依然是潛水好手，他的海洋知識，划船造船的經歷比我的國語課本的頁數還多，父親的民族史，我比較能夠聽得懂，感悟得比較深入，更能觸動我的心扉。他出生的年代，一九一七年，那已經是日本殖民台灣諸島的世界，也是日本武士沒落的年代。此刻，走往姊姊移居的村鎮，對於我們都是走向陌生的天空，遙遠的距離近了，那是數據；然是，心靈裡的數據，從姊姊為人母親的那一刻起，我們其實已經在書寫了，彼此間，那道遙遠的實質故事。

愈來愈接近姊姊的孩子們的出生地，我那些姪兒們、姪女們認同的「家鄉」，以後出外工作時，勾起回憶的鄉愁。山東青島，他們生父的祖籍，就在青島港東北方，一個姓韓的大地主，被國共解構的家族，被國共燃燒仇恨的地方，也是我姊夫來台之後，沒有機會再回的真實故里，即使姊夫在六十五歲斷氣的那一刻，青島比西天更是遙不可及。是這些姪兒姪女們沒有感情的地理名詞。

長濱近了，姊姊不知道我們要來，因為我還不會寫信，姊姊家也沒有電話，我們還在跳躍的心臟，其實就是電話，我這樣的想像。

「亞罵，我們到了姊姊住的部落[11]。」

11 我們的語言沒有「市鎮」的話，依據「部落」的人口，空間概念稱大中小。

姊姊依然沿著長濱街道（台11線）揹起兩個月多的兒子，左手牽著三女兒，二女兒拉著姊姊的褲裙，叫賣螃蟹、九孔、龍蝦、子Q（阿美語，貝類）。我們三人在售票站下車，旁邊有條通往長濱國中的街道，走下去的巷弄的交叉的面海右邊，就是姊姊的家，我跟父親說。

那位菜販看見我，她笑著吶喊：

「韓太太，你的小弟又過來了。」我與沙浪的頭髮已長到我們的肩上了，我幫父親理了「鍋蓋頭」，他堅持這個髮型，那是父親的真實面貌。姊姊認識，更熟悉理鍋蓋頭的父親。

「O..., O..., si Yama, O..., O..., siYama, si Yama.」（哦，我的父親，哦，我的父親，我的父親……）」三十二歲的姊姊叫喊、哭喊，她的模樣跟三女兒哭喊的驚嚇樣完全相似。我抱起三姪女，牽著二姪女。

「亞罵，亞罵……」姊姊跪著，過來抱起爸爸沒穿鞋的雙腳，街道上的菜販、肉商、雜貨鋪、魚販、採買者皆側身的，正面的，或扭轉脖子看看這一幕的發生。

「亞罵，亞罵……別罵我，別罵我……」

「不告而別」，或者「私奔」，在我民族的島嶼，在漢人沒有來之前，那是不太可能發生在我們的社會。我不知道姊姊是在跟爸爸懺悔呢，還是真的想念爸爸，愛爸爸？他突然地出現在她眼前，讓她驚慌、驚喜嗎？我不知道，但是兩個可愛的姪女，她們認出我了，她們唯一的舅舅，最親的親人。

三十二歲，依然是個小女孩，依然是爸爸朝思暮想的孩子，今天，父親證實了，他的女兒很堅強，很健康。父親不時擦拭他眼淚的痕紋，雙手抬起姊姊，說：

「你的家，在哪兒？」

「往哪兒？」姊姊手指海洋的方向。

「海洋」，對於我們，那是親情連結最近的距離，血液通信的郵差。對於父親這個世代的人，是思念嫁給漢族的女兒，心靈難以跨越的荒漠。姊姊依然揹著小兒子，親切的牽著父親的肱手，彷彿是二十年前，姊姊牽著爸爸的手上山工作的情境，一來一往用十年來計算，大島與小島的親情之距離。

父親左看右看姊姊租賃的茅草屋，只跟我輕聲細語的，眼神不悅的說：「這間茅草屋，蓋得比我差，怎麼住這種房子呢？」

我抱起三姪女，二姪女由沙浪輕推盪鞦韆，父親就坐在地上，蓮霧樹下的陰涼處，抽菸望海。

「亞罵，抱一下你的孫子，他是男孩，我擀麵[12]來煮。」三十出頭的姊姊，話語散發著稚氣未脫的清純笑容，像在跟父親撒嬌樣，我感覺到姊姊真的很高興，「高興」也是父女倆就一直期待的事。一九五八年漢人來到蘭嶼，並非帶給我們幸福，而是帶來許多不可預期的災難，年輕的士官隨國民黨國軍來台，沒有帶金錢，只揹了一根M16的步槍，就這樣依靠命格的幸運，移防到可以找到妻子的偏鄉，找到好拐騙少女的原住民部落，姊夫就是其中之一。雖然他們的生活貧苦，但他倆很相愛，更是很幸福，這就足夠了，姊姊跟我說的。

「孫子們的母親，明天太陽升起日出的時候，我為妳、所有的孫子，一一給你們取族名。」姊姊頻頻點頭，這就是她要的「命名儀式」，她要的安全感。

「孫子們的母親，妳準備一隻活的公雞，三個芋頭。」

「命名儀式」，姊姊從小生活在祖島時，就企盼為人母親以後，渴望父親賜名給她，那是象徵海洋的祝福，心靈信仰。

「齊格瓦，爸爸給我取的名字是Sinan Manineiwan（西婻·瑪尼內灣[13]），意義是經常航海到小蘭嶼的家族。孩子們也都有了族名。」當然，姊姊是父親的長女，第一個小孩，所以父親的族名，當了祖父之後，稱之夏本·瑪尼內灣。父親十分理解，當他回祖島以後，跟我母親及兄弟姊妹，說出他的名字是夏本·瑪尼內灣時，他們將豎起大拇指，稱讚他。

小蘭嶼真正的名字是Ji teiwan「立台灣（諧音）」，於是瑪尼內灣的意義是「經常划船航海到小蘭嶼的男人」，這個名字是很驕傲的名字，自古以來，沒有族人拿「航海家」為名，父親是第一個有膽識的，敢說自己是「航海家」。後來他跟我們解釋，父親說：

他十七歲入贅給姊姊的母親，也就是我與姊姊是同父異母，那一年父親就夜航去「立台灣」獵魚，言下之意就是「有膽識的男孩」，不僅如此，他自認為自己有豐富的天候海象的知識，說是跟他小叔叔學的知識，加上體能非常好。我部落的所有人都知道我父親的膽識、智慧過人。所以他才敢取「航海家」這個名字。

二十五年以後的飛魚季節首日的招魚儀式，那天（大伯九十歲，父親八十五歲，叔叔七十五歲，堂叔七十六歲，小堂叔七十四歲，我四十五歲），我們家族團聚。大伯三十二顆牙，只剩三顆牙，他敘述道：

---

12 姊姊在蘭嶼的時候，姊夫教了她做麵食的廚藝。

13 迄今，蘭嶼島上的族人，都不敢用這個名字，為孩子、孫子取名。從海洋民族的海洋觀來說，這是個最高尚的名字，與祖先的航海、獵魚事蹟相關。

「我們這個兄弟（父親也在場）夏本・瑪尼內灣，從小就比我們這幾位兄弟聰慧，比我們過動，以及超強的記憶力，創作詩歌的歌詞又優美於我們，說故事的肢體語言更像是一個『海洋島嶼』的舞台，無所不知無所不曉。」

當姊姊在我們的島嶼消失，偷偷的坐船去台灣以後，父親的憤怒全發洩在獵魚、造船、開墾荒地，使得他練就了一個好身材，好體能，好歌聲……。此時，已升格為祖父[14]的他，為自己，為女兒，為孫子取名是人生最為喜悅的事。我固然看得出姊姊的喜悅，也體悟到姊姊不告而別，對父親的愧疚，但我也感受到父親的眼神流露出某種不可抵擋的趨勢，讓他不得不去承認，漢族來到我們島嶼之後的「變化」、「變遷」，或者「轉型」，父親當下就即刻依傳統古調的旋律，低調的讚美以他為核心的，有孫子孫女延續香火的歌詞。我、姊姊、沙浪都聽不懂的島魂之歌。

父親跟姊姊、他的孫子們共同生活了一個月，姊夫與父親形同路人，語言不通，父親也不喝酒。父親利用夜間幫姊姊、孫子們抓了許多許多的龍蝦，貼補給姊姊他們家的生活費用。我與沙浪在隔天回台東，去了縣府教育局一趟，承辦人員跟我說：

「你不去保送念師大音樂系，那我們給你保送高雄師院英文系，好嗎？」

「不想去高雄。」我說。

「那你去考試，只要沒有一科零分，我們就保送你去台北醫學院。」

「謝謝。我怕血。我來縣府報到，是來說一聲，謝謝，以及不去念師大。」

「太可惜了。」承辦員說。

「真的不去嗎？」沙浪憂心地問我。

「不去，走吧！」

「你確定不去嗎？」承辦員驚訝地再問一遍。

「不去！」

「台東縣境內所有保送醫學院、師大、師院都由我承辦，你是第一個拒絕保送不去的山地人，太可惜了！」

猶記得，小學初升五年級的開學日的那天傍晚，吉吉米特，卡斯瓦勒、沙浪與我被老師們指使去抓青蛙、淡水鰻魚，免費地孝敬老師們貪婪的嘴（兩位外省人，其他的是閩南人，包括校長），其他五年級的男生全部去山裡，找乾柴給老師們燒菜、燒熱水澡、煮米飯用，以及養豬。

---

14 「祖父」階級，本質的意義是，已為自己的民族留下後代，讓島嶼的命脈可以延續，文化的島嶼文明可以長存；於是「祖父」階級身分者，就是部落的發言者、決策者。

我們四人幫漢人老師們鋸木柴，生火煮飯，殺青蛙，殺鰻魚。他們吃完飯，又命令我們清洗他們的餐具，我們一做就是一學期，然而，漢人老師未曾留過一口飯給我們吃。我是沉默的小孩，沒有問題的問題學生，然而，從那個時候起，我的心靈已經感受到，或者說，我們被漢人老師們「歧視」的不舒服的感覺，種種萌生「被歧視」的案例，不勝枚舉。

許多被欺負的事件之一，劉老師，他是山東籍的外省人，因為我們放學之後，去游泳，翌日，所有游泳的學生全部被他用藤條體罰，理由是教育部發布命令，嚴厲禁止學生去「海邊」游泳。我的想法是，只有「海浪」才讓我們快樂，也就是教育部、學校老師讓我們不快樂。

之二，張老師，他也是山東籍的外省人，後來轉去了長濱國小當老師，剛好是我姊姊的鄰居。熾熱的早晨，他說：「壁畫（監獄裡的囚犯畫的）在教室水泥牆上，是『我們』中華民族的偉人，打敗邊疆的野蠻人，是我們的民族英雄，你們要學習他們抵禦野蠻人的精神⋯⋯。」吉吉米特說：「他們不會游泳就不是我們的民族英雄。」米特最後被張老師用椅子的一塊板，重重敲破了頭。我的問題是，米特錯在哪裡？我們是野蠻人？

之三，當老師，從二十二、三歲做起，做到六十來歲退休，守著那個教師空間一輩子，教一輩子馴化自己民族幼童的書，我認為中小學老師是，最不長進的職業，也是最沒有常識的職業，我不適合，也將不是一位好老師。

「我要靠自己考上大學，我不要讓中國國民黨牽著我的鼻子走。」我吸了一口很長的氣，跟沙浪說。

這一天是一九七六年七月二十八日的上午。那天晚上，我與沙浪坐了夜車，由台東往高雄的公路局，開啟了我們自己往西部、北部的游牧生活。那一年，我還不到十九歲。

失落在逐夢的歲月裡

七月天的高雄火車站人來人往，就是不知道這些數不完的人群將往哪裡去？他們從哪兒冒出來的呢？這群「人」，比我和沙浪在蘭嶼看見的魚類還多得多，沒有一個面具是我們熟悉的，曾經見過的，好比魚類，他們的長相完全一樣，完全陌生，陌生程度讓我真的慌恐了起來，這一生第一次遇見如此多的人。我住台灣東部已經三年了，然而我沒來過西部，十五歲坐船去台東之前，父親叮嚀我走路要小心，因為很多「壞人」，我三年的時間在台東，我證實了沒有壞人，證實了父親的管窺之見，想把我困住在小島，不允許我閱讀外面的世界。我內心的恐懼面具——很多台灣人是壞人，在台東把面具卸下，此刻在高雄火車站，我再次的戴上了「面具」，開始焦慮了起來。昨天在台東縣政府教育局，我拒絕去高師院的理由是「恐懼」。我的民族，一九四七年出生的族人，我部落人民去最遠的地方是屏東；我的姪兒，一九五六生的，他最遠是到南投的仁愛高農念書，約在一九七二～一九七五年。那就是一九七五年之前，還沒一位蘭嶼人來到西部工作謀生。我那些在台東遇見的蘭嶼朋友，他們都是做苦力，就是貨運司機的助手、捆工。這群朋友跟我們說：「高雄火車站、公路局站有很多流氓。」就是我父親說的那種「壞人」，此刻我與沙浪在高雄火車站，在我們眼前走過來走過去的，好像都是流氓，這就是我拒絕去高雄師院念書的理由，雖然英文系是我想念的科系。爸爸說的壞人，我眼前的這些流氓，讓我恐懼，我因而戴上面具，怕壞人看清楚我的單純。我即將在陌生的城市，陌生的天空，吵雜的街燈，扭曲的想像，啟動、摸索二十歲以後的城市荒原，開始定位在陌生城市的旭日，以及夕陽的方位座標。大好前程，瞬間轉換，背棄了光明前程，從黑暗開始，從恐懼開始，也是從迷惘開始，我是這樣想的，我也這樣從哭泣開始。

「是你自己毀了自己，跟我一樣退回到做苦力的世界。」沙浪跟我說。而我看著怎麼都看不懂的，北上的火車時刻表。

在蘭嶼的炎炎夏日，我們很輕易地找到溪水解渴，是免費的，車站的水要用錢買。我與沙浪，從此刻的時鐘，「錢」，它變成了我們的指北針，沒有錢就無法前進，也無法後退。「錢」開始讓我們緊張。也讓姊姊哭泣，「姊，這五百塊給的孩子們，我們潛水挖九孔賺來的。」於是，金錢開始被我們需求，開始操弄我們未來的人生，一個一九四五年剛被中華民國接收的島嶼，給予承認的公民。一切代表的一切，我們這個世代的海洋民族啟動了被華人馴化的未來，啟動了多元民族通婚的浪潮。我們在高雄車站，我已經預感到，我們族人在未來生存的幸福指數，是在潮水位降低的那一方。

售票口有張黃色面具，每一個人都必須跟他買一張通行票，有多少錢，通行票就帶你到有多遠的距離。我在高中也念過台灣的地理，然而，學校沒有教我們如何購票，購火車票、公路局車票，原來這就是台灣人的生活。但我們不知道要買何種車票去台北，沒有人教我們火車分幾種類別，沒有人教我們往天堂的路怎麼走？買北上的車票，我們知道，但看不懂時刻表。最後，我努力的，假裝是一位頻繁旅行的「外國人」，掩飾我因單純浮現的蠢蛋面具，問：

「台北兩張。」

「普通車、快車，莒光號……」

「普通車，台北兩張。」

普通車，通往遙遠的台北城市，一九七〇年代，許多偏鄉的青少年嚮往沉醉的城市，提供許多自我淬鍊的機會。普通車普通人坐的火車，沙浪與我的人生第一次自找的城市，他想繼續學習水電的技能，而我必須找個工廠工作，住宿，然後存錢，找個補習班學習「當台北人」，我們在一九七六年八月的這個時候，從零開始學習台北的生活，沒有前人指導的城市生活。我們開始慌張了，在蘭嶼沒有錢，家裡還有地瓜、芋頭、大海的新鮮魚可以吃，在台北住哪？吃啥？

沙浪買了一份《聯合報》，我買了一份《中央日報》和《中國時報》。我們專注於三報的廣告，但我們也聽過有些廣告是「騙財」的。沙浪用紅筆圈了許多台北縣內的徵人的工廠廣告，然而，問題出在工廠的地址。地址出現的是XX路，幾段，XX

巷，或者XX弄，這是我們完全沒有的常識，開始困擾我們的海洋腦袋。

火車到台南火車站時，好像已經兩個小時了，我心中開始回憶高中時念的地理課，原來這是「台南市」，我默記。我們開始感受到台北的遙遠，普通車每一個小站都停的，每一次停，台灣西部的小站都給我美麗的陌生感，樸實，安靜，還有聽不懂的閩南語。

「你們是番仔嗎？」

「你們是哪裡的山地人？」

「番仔」、「山地人」，這兩個詞語我們在蘭嶼，在台東都聽過，尤其是沙浪的水電老闆就是叫他「番仔」，在火車上的我們，這些話聽在耳裡，想在心裡，極為不舒服，但是我們不敢抗拒，除了國語說不好以外，我們不會說閩南語，我們開始緊張。我與沙浪在蘭嶼潛水，用鐵器挖九孔賺錢的時候，沒有意識到我們的膚色被太陽曬得非常黑，沒有想到我們穿的衣服是極為簡單的汗衫，我穿的長褲還是我高中的制服，我們的背包是十幾塊的簡易的登山袋。我們剛剛長出鬍鬚，青澀的臉，頭髮剛蓋過耳朵，腳上穿拖鞋，手腕上沒有手錶看時間。

「番仔，你們是哪裡的山地人？」這句話從高雄聽起，每個小站的停，得聽十來句，承認與不承認都構成我們膚色上的原罪，而我們樸實的眼神，青澀的雙唇，簡單的國語都是「番仔」的表徵。於是我開始厭惡西部的閩南人，我無聊地開始觀察閩南人的上下火車的儀態，語氣，長相……。沙浪是我從小的夥伴，我們感情非常好，但他比我更害怕漢人，他在台東工作的那些年，他沒學會說閩南語，沒學會與閩南人相處，也沒有跟他的老闆吃過飯，閩南人的重要佳節，他也沒有被邀請過吃飯，唯有工作超時的時候，老闆娘才會留一些飯菜給他。

在台東的時候，有一天我去找他，那天是端午節，我去他下工時睡覺的房間。鐵製床鋪，有一張算是乾淨的榻榻米，在一間全是水電用的工具房，材料擺放得有條理，他沒有衣櫥，衣服就吊在可以懸掛的地方，床上的被單也算乾淨，約莫是八坪大的空間，面北有一道門，外面是晒衣場，也有一道門面向街道，是材料進出之門。那天老闆娘拿些粽子給沙浪，問：

「他是誰？」

「我蘭嶼的同學，念台東中學。」

「嗯，不錯。」沙浪跟我同年，樣子跟我一樣，不出色，也不突出，平平凡凡的。

「謝謝，老闆娘。」老闆娘走出去後，沙浪說：

「今年的漢人過年，老闆出去應酬喝酒（經常喝），老闆娘拿東西給我，後來就勾引我。我們就『這樣』『這樣』，就是做愛啦！她問我說『是不是第一次』，我說『是』。她非常高興，她有三個小孩，都是女孩，所以她的先生對她不好。她，不到四十歲，長得算美麗。從那一次之後，只要老闆出去，她就抽空跟我做愛。她喜歡『這樣這樣』，我也非常喜歡跟她『這樣這樣』。她教我努力幫她先生工作，老闆就不會懷疑。你來找我之前，我們有先『這樣這樣』。」

龜速的火車上，沙浪把這件事跟我說，我沒有羨慕，也沒有放聲說笑，只是淡淡地聽著沙浪這個豔遇，經過嘉義民雄車站時，我認真的問：

「真的嗎？」

「是真的。她很愛跟我『這樣這樣』。」

「我因為害怕，我才偷溜跟你回蘭嶼的，我一個月的薪水是三百塊。我身上有三千多塊，到台北，我們慢慢找工作。」

我下定決心，到了台北好好工作，好好存錢，然後找個補習班補習，無論如何，我一定得靠自己考上大學。到台中車站時，我們在火車上已坐了七小時，但我們不知道，還要幾個小時才會到達台北。這個普通車，真的很普通，非常的慢速。我買普通車，不是為了省錢，而是不會買車票，但也消耗我們的耐性耐力。高中時期，鄭神父、學校的國文老師都鼓勵我們山地人多看《中央日報》的副刊，說是會增加國語文的作文程度，我也認為如此。我先閱讀《中國時報》的副刊，希望可以打發自己的無聊，戰勝枯燥。

誠如我高三時的國文老師，從北一女轉過來的，我的級任導師，跟我說過：「你是海洋民族，你看不懂陸地民族的文學的。」

當時我不相信他的話，我也從高三上學期就訓練自己閱讀各報的副刊，也閱讀老師給我的「作文指南」，火車像是秒針似的，滴答滴答滴答的龜速，我逐字逐字的閱讀副刊的「文學[1]」，真的看不懂副刊裡作家們發表的文章，那是真的看不懂，在我內心說，這是什麼「文學」？

暑假的台中車站，人來人往，上車的，下車的，沒有高雄那樣的讓我們害怕。我從國二就和台中西屯區的一位女孩當筆友，五年了，我們沒有斷過通信，我們也互相的傳寄高中時期的照片，她的長相一般，我們想見面的欲望很強，但不是今天，等我在台北穩定之後，或是放榜，她考上大學的話，就可以碰面。這個期待對我非常有效，她對我是正面的，最是鼓勵我的筆友女孩，她的語氣好像我是她的男朋友似的，第一次感受閩南女性給我的溫柔。經過台中車站，我寫了一封信給她，當然是沒有地址的一封信。或許我們正值青少年，彼此間有種難以言喻的「愛慕」，雖然不是到很熱烈的程度，但我可以感覺到她對我放出戀愛的善意文詞。想到這個，讓我在火車上消掉許多許多的苦悶，或許某種尚未成熟的戀情是一種想要前進的動力吧，會不會跟她碰面也是無法預期的，但是心中總有著某種淡淡的微笑，唯，想到自己是山地人的時候，那種追求她的熱力就涼了一半，莫名的自卑感浮上心坎，這是我人生的第一次的感受，難言的自卑。

然而，來到了西部，走向台灣的北部，必須面對的是「真實」人生的第一階段。從此刻開始，沒有浪漫的想像，沒有虛構的人生，只有每天面對著明天的自己，更不能想像有個漢族少女夜夜春宵的陪自己噴射般的體能。在台中車站，我們買了鐵路便當，我與沙浪，我們人生旅途的第一個便當，這個食物卻讓我們沒有飽足感，美麗的年紀，青春洋溢的飛揚年紀，來到西部的台灣，飽足感成為我們首要追求的，我們也將開始遠離了我們島嶼的傳統食物，遠離了我們島嶼的歲時祭儀，也將逐漸疏遠我們的語言。

高雄、台南、嘉義、台中、新竹……普通車每一小站都停，這是我們初次離開祖島邁向台灣西部，北部，因為不知如何買票，買下了人生最慢的車速，在緩慢而無奈的行進中，忘記欣賞嘉南平原、台中地區平緩地的美麗。此時，我個人的推論，開

1　畢業後，努力閱讀各報社的副刊，給自己認識更多的單字，但我不知道那些作品就是「文學」。

始思考自己的腦袋瓜選擇的路徑，懷疑自己的判斷力，一種莫名的聲音開始朝向自己的心海，這個聲音是「虛構的人生」與「真實的人生」；離開祖島的時候，小叔公跟我敘述，部落裡的第一位當老師的族人，也是我們島嶼的第一位老師，他是卡斯瓦勒的大哥，說他的工作是漢人給他的，神父給他的[2]，不是傳統認同的「職業」，所以小叔公說是「虛構的人生」。我認真思考，卻是深受小叔公的影響，那或許是我基因的判斷，「職業」，漢人給的，抑或是傳統給的？然而傳統性的是「生活勞動的工作」，那是漢人，或是我們邁入現代化以後，認同的「職業」，那是真實的人生嗎？然而，這種結論是我祖父（一八八〇年代出生的前輩），他們那個世代的認知。對於我們這群二次戰後十餘年出生的原住民族，學校老師的「職業」卻是個人未來通往致富生涯的捷徑，問題就是，我對此職業沒興趣，或許我的靈魂基因被傳統下了「咒語」，而找不出出路，找不出自己的志願是什麼？只是一直幻想靠自己的實力考上所謂的大學。

普通車每站都停，每一站都只是過境，也開始了我的慌恐。

我從包包拿出我台東中學學長在板橋工作的住址，以及他公司的電話。他就住在大同水上樂園附近。這些地名對於我都是新的常識，與我民族一絲干係都沒有的地理名詞。十五個多小時之後，我與沙浪終於抵達了台北車站。

「台北車站到了，台北車站到了……」

「台北」，我心中的夢幻之都，我終於抵達了，十九歲之前，最為陌生的城市。然而，那時已經是晚上的十一點多了，城市的霓虹燈比我們島嶼的天空的眼睛還多著多著，霓虹燈的歷史比人類短，人類的歷史又比天空的眼睛短，台北的霓虹燈又比台東鎮的燈華麗而奪目。我聽說，城市的霓虹燈是城市獵人設下的陷阱，一失足，成千古恨，我因而開始學習避開霓虹燈的照明。城市的夜空是黑的，但城市的街道是燈火通明，我與沙浪就坐在台北車站旅人進出的大門左邊，等著黎明，等著明天的未來，沒有計畫的未來，兩個沒有夢想的海洋民族的青年，準備在城市荒漠尋找巷弄的角落寄宿，尋找一個未知的工廠，開始自尋的苦役生活，無論是平坦順遂，還是曲折惱人，我個人在這個時候已經沒有任何抱怨的權利，只得接受城市獵人的宰制，更是島嶼民族新生代的新生活的訓練。當下的陌生夜空想起了父親說的，在城市生活等於「虛構的人生」，我慌恐了起來，取出學長寫給我的信，並且牢記他公司的電話號碼。

---

2 紀守常神父培育的第一代的達悟籍的老師。他們有四位，三位男的都是我部落的，一位女性。成功就業的有兩位，但這兩位後來都是「酒鬼」，為結論。

我們聽說，「山地人」在台北坐計程車經常被閩南人司機繞路欺騙，經常被帶去工作介紹所，工作介紹所拿一張地址給山地人的時候，山地人就必須付錢給介紹所。哇！這實在太讓我們恐懼，原來父親跟我說過的，台灣有很多壞人，台北是壞人最多的地方，原來是真的。在我部落的第十隊的監獄，服完刑期的竹聯幫的陳大哥的住址就在台北永和區，他的住址與電話，我還留著。我回想，他曾跟我說，到台北的時候，可以去找他，此刻我心跳加速，彷彿他露齒的微笑是陷阱的符號。

漫長的夜色，我們陷入城市的燈火荒漠，陷入在人生沒有計畫的迷宮裡，開始計時記錄的不是歲月在我們臉上留下的創傷，不是飲食習慣的轉變，也不是族語退居為次要的思想工具，而是如何在城市荒漠生存。學長的信裡寫道：

「八點鐘以後，才可以給我電話。」火車站的時鐘，十二點零一的午夜。

「八點才可以打電話給他。」我跟沙浪說。他比我更緊張，也只能點頭說：「我們等明天的太陽。」

沙浪早我三年出社會，在台東一個閩南人創業的家庭公司工作，彼時台灣社會沒人理會誰是「童工」，沒人理會工人權益。對於我們來到台灣工作謀生，身體的健康全仰賴我們天神的眷顧。他在台東三年的學徒工作，有飯吃就好，老闆在他耳根不停的說：

「你好好跟我做，當你出師之後，就是你大賺錢的時候。」

沙浪不是怕吃苦的人，不是怕做苦力的工作，他離開台東跟我回蘭嶼，再跟我來台北的主因，他已在火車上跟我說了，更詳細的狀況是：

他在水電家庭公司工作到第二個漢人中秋節的時候，老闆娘阿芬開始對他釋放出善意，開始請沙浪幫她曬衣服（沙浪的房間是工具、材料、晒衣場），阿芬經常穿著寬鬆的，像是套身的洋裝，跟興隆雜貨店老闆娘穿的很相似，阿芬是熟女，婦女肉肉的身材，衣飾打扮夾在保守與微開放之間的振幅，四十歲上下的年紀，育有三個女兒。他說，老闆對他不算苛刻，漢人三大節慶，林老闆都邀他的公司裡兩位工人同桌共飲（沙浪當時不喝酒）。每次小工程完工，林老闆請那兩位師傅去外面飲酒小歡，沙浪就被留在公司的房間。阿芬也理解她先生的嗜好，以及作息時間，再說他們有了三個小孩，林老闆的重心就擺在交際應酬包工程等，對於阿芬，她把公司照顧好即可，再說，沙浪是個安分守己的山地青年，不可能對老闆娘做出不利於他的事情的。「那一天，林老闆與我的兩位師兄外出飲酒。阿芬老闆娘洗完澡後，自然來到工具房曬衣服，幫她曬衣服也成為我的工作之一。」

「她，阿芬從我身後輕輕撫摸我結實的胸膛，其實，你也知道，那一瞬間，我已經很勃起了，年輕人啊！山地人啊！她刻意觸碰到我哪兒，就笑個不停，她邊笑邊摸，就這樣，我就躺下來，任老闆娘遊戲山海我，她喜歡我年輕結實的海鮮鮮肉。從漢人過年的那一夜，一直到今年的端午節，到我們一起回蘭嶼前的那段日子，我給老闆娘很多很多的飽足，笑容常開，也讓林老闆的事業穩固，他們也加了我的薪水，他們夫妻對我很好，況且我不喝酒，林老闆壓根兒對我是愛護的。當然，我是愈來愈害怕，我不是怕林老闆，我是怕老闆娘有空閒時的需求無度，怕我的一生就這樣毀了。」

「真的嗎？」我心情慌恐，面容喜氣的問。

「真的！」沙浪不假思索地回應我。但我驚訝的是這種事情似乎只有在被虛構的情色小說裡，不可能發生在現實生活中，尤其在沙浪這樣清純的年輕人身上，我質疑地再問一遍：「真的嗎？」

哇！我驚嘆想著，分辨不出此等城市與偏鄉，漢人與山地人的情欲，怎麼會如此早早的發生在他身上，我似乎連結不出許多的可能性，我們是從小共同長大的海邊小孩，十六歲離開蘭嶼小島，他十七歲在大島的第二年，發生這種情欲的美妙故事。不可思議，我如此想像。我也一直微笑著看著沙浪的臉部表情。「沒有騙你啦！」他，忽然真心的說出他少年美好的際遇，也正好縮短了我們在龜速火車上的無聊。

台北火車站對面的館前路，在凌晨三點人車已經稀疏了，呈現出我們在台北初夜的寧靜，計程車司機因為我們恐懼而沉默，也不再問我們「去哪裡」了，車站裡的冷氣讓我們不舒服，我們就在車站大門轉角枯等枯坐。城市對於我們的陌生，我們對於街道的陌生，我們的想像，彷彿恐懼災難的發生，都市霓虹燈下的災難，此時我們的飢餓正在成長，人群也少了，我們緊張心靈漸漸寬鬆，漸漸感受到台北車站的壞人已經入眠夢周公了，於是飢餓逼我們去尋找食物，沙浪熟習的食物「粽子」，在希爾頓大飯店對面巷子的店面依然燈火通明，人群稀少，壞人跟著少。我們點了兩個粽子，一碗豬血湯，吃了一頓只喝湯不吃豬血的早餐。

我與沙浪從小習慣黑夜的寧靜，不習慣黑夜的燈火通明，車聲穿越耳膜的夜晚，我們再次的徒步到那個我們已熟悉的車站轉角，等待黎明的降臨，也在期待熟人見面時帶來的希望，卸下慌恐的面具，就像龍蝦脫殼的自然現象，開始另一個軀殼的嶄新生活的樣態。在陌生的城市，等待似乎是唯一的策略，雖然我們身上有些現金，對於陌生的街道，面容可怖的計程車司機，等待熟人的出現，等待同族同語的朋友，也是防止被欺騙的災難發生在我們身上的上上策，雖然等待一直是件讓人苦惱的事，我們也不得不去習慣它，遮住我們的慌恐的心魂，台北的初旅。

夏季的蘭嶼，約莫在四點半左右，海平線會漸漸區分海洋與天空的世界，我們習慣了海天在我們島嶼的夏季寧靜，我們在陌生城市的初夜，為了等待熟人，在車站轉角，我們算是初次熬夜，年輕人如我們不覺得疲累，畢竟我們從頭認識起這個台灣的第一大城市，這是必經的路徑，陌生也是我們在大城市的見面禮物，只是大城市大車站的黎明情境是，人聲、車聲、喇叭聲、慘叫聲相互爭豔叫囂，很讓我們迷糊，迷惑，困惑。

「年輕人，你們要去哪裡？」

「山地人，你們要去哪裡？」

「番仔，你們要去哪裡？」

「喂，山胞，你們要去哪裡？」

早起的計程車司機如此問候我們的早晨，後來我發覺我的感受，這正是我所害怕的事，也是在台東三年沒有過的擔憂。我有一種後來的自卑，是小學時期的老師們都表明我們的文化很落後、野蠻，沒有中華民族的文化來的博大、傳承悠久，由於這個因素，讓我從小就萌生對「歧視」我們海洋文明的漢人的厭惡，覺得很噁心。這日，坐火車移動到台北市的初晨，在我心胸已經卸下對漢人的噁心，但司機們再次的再次的重重打擊我們的自卑，讓我防不勝防，「番仔」是我們身分的代碼。我們是為了來台北找工作，為了尋找我們的夢想，很努力潛水挖九孔、抓龍蝦賣給蘭嶼島上的漢人吃，讓太陽曬黑了我們臉上的膚色，其實「黑色」是我祖父教給我，說是天空下最美的顏色，結果今日的晨空，證實我們的「黑色」轉換的解釋是山地人、山胞、番仔，那是被歧視的意義，我們進入台灣社會的人格符碼。如果是你，你的感受絕對跟我們一樣，厭惡那些閩南人。那天早上，我們其實非常非常的難過，下定決心，好好的努力，靠自己考上大學，考上人類學研究所[3]，然後好好用文章「歧視」閩南人。

有許多種的心理憤怒，寫在我的心海，但讓我們自卑的是我們說「國語」的腔調，車站裡的人群，他們聽了我們的「國語」，都說怪怪的，聽得懂，但是怪怪的，就像我們聽閩南人說「國語」，也聽得怪怪的，就是到了現在，還是覺得怪怪的。此時，車站熙來攘往的空氣讓我們感受比在海洋潛水更為混濁，讓人窒息，那是不平等的空氣，混濁的高壓空氣。

我問未滿十九歲的自己，閩南人為什麼喜歡用「番仔」稱我們？其實「番仔」與閩南人有化解不了的歷史仇恨嗎？我認為是沒有的，然而，閩南人為何喜歡歧視「山地人」呢？我問自己，我與沙浪是海洋民族，但台灣政府不稱我們是海洋民族，稱我們是山地山胞，這正是國家賦予我們公民身分，換言之，我們被「國家」公開化的歧

3 當時考古學、人類學是我最想念的科系，是我夢想裡的願望。

視，就是台灣的集體漢族集體化仇視、歧視台灣島最初的主人，用後來的統治政權，以國家之名正式的，公開化的，合法化的歧視我們，這是個變態的國家，變態的民族。如果你是我的話，有血有肉有腦袋的話，你也會跟我一樣的感受的。如此被歧視的感受，從那個時候一直跟隨我的身影，不離不棄。那是我個人無形的，且是深重的自卑的起源。

「你是齊格瓦嗎？我是阿忠，你東中的學長，我是蘭嶼東清部落的人[4]。」

「坐上來。」阿忠要求我們。

我們三人共乘一台野狼一二五CC的機車，從台北車站出發。出發，對十八歲的我們，身處在與我們出生的島嶼環境、人種完全地不同，台灣最前衛的城市，所有的一切，稱為出生，十九歲在台北出生，不是零歲。但我分不清楚，我們進入大台北市的方位是哪！從那一刻起，我們邁入了一個完全陌生模糊的世界，開啟我們模糊的青春人生。

我們與阿忠彼此不認識，但說的語言讓我們連結，讓我們卸下了擔憂，寫漢字的信讓我們在城市學習生存，寫信使用的漢字，讓我們沒有「迷路」。那是一九七六年的八月一日。

過了幾天以後，我們被介紹到屬於中和區的，一個蓋在稻田邊緣的小型的鐵皮屋工廠，是製作無名無牌的組合腳踏車零件的「永進」鐵工廠，位在中和中山路上。那時候，我有一個阿姨，是我父親的堂妹，跟我姊姊差不多大，一九四五年生，她也嫁給外省人，就是我的小叔公的女兒，她生了四個男孩，那些小男孩皆以外省人自居，唾棄半個山地人的基因身分，就住在中和區連城路的眷村，稱台貿一村。

那年夏季，阿姨叫我管理她們在眷村裡的家，就在這個時候，吉吉米特忽然出現，他從基隆港來，在那兒工作，還有卡斯瓦勒、卡勒勒，在基隆路的聯勤總部的兵工廠[5]工作，製作彈藥。我們五人從小一起長大，一九七三年的五月離散，一九七六年的八月忽然相聚，但我開始有了預感，在都市被馴化的時候，個人的性格選擇了我們自己的人生路。

我與沙浪，在每一天下班，從工廠穿越稻田的小徑可以走回連城路的台貿眷村，眷村裡面有一個籃球場，是外省年輕人消耗體力用的場所。我籃球打得很好，很快地就與年紀相仿的外省仔熟識了，重考大學的補習班，就是從他們這兒聽來的。

---

4 阿忠，我們通信，但沒有見過面，因為我們的黑面具，我們的海洋島嶼氣質，他聞得出，辨別得出，我們是蘭嶼來的，當時我們都說達悟語。

5 就是現在的台北市政府、世貿大樓一帶。

消息很快地就被傳開，連城路的台貿一村，我阿姨家，變成了我們這群一九五七、一九五八年生的達悟青年初次來台北時聚集的地方。連城路對面的紡織工廠，一直到我們上班的永進鐵工廠、中山路的兩家電子工廠，很快地成為山地人群聚群居的小區塊。我喜歡那片綠油油的稻田，喜歡欣賞在田裡耕作的佃農，看他們勞動的勤奮，看他們樸實的笑容。

「什麼地方來的啊！」

「蘭嶼來的啊！」

「在哪裡？」

「台東縣的外海。」

「那是火燒島啊！」

「更遙遠的小島。」

「喔……」每一次的表明我來自的島嶼，都說是穿丁字褲的島嶼，而不是蘭嶼島，這是很奇怪的認知。

工廠提供午飯，早晚餐我們自行處理。工廠裡的員工全是閩南人，與我們的關係不好也不壞。三個月以後，沙浪在電子工廠上班的女朋友懷孕了，他們於是離開了，吉吉米特下高雄，跟我說：「去高雄港做船員。」他也離開了永進鐵工廠。

我的阿姨家屬，從某處搬回眷村的家，她的弟弟也跟著來，他叫「洛馬比克[6]」。此時，我搬進板橋阿忠朋友租的小雅房。三年前，他沒有考上師大的體育系，那些年，他就在各個小工廠工作上班。我們為了要考大學，開始去南陽街、館前路探補習班的「路」，這個是我們必須學習的，也是必經之路，困難的事情是，我們都無法好好地存錢，我們的錢必須先買日用品、衣服，以及練習逛街，熟悉大台北地區的周圍環境。我後來就在他公司隔壁的染織廠工作，老闆是客家人，員工有一個年輕女會計，兩位阿美族青年，一位是我，還有一位是國立中興大學夜間部的學生，是工廠運送布料的司機。然而，我第一個月的苦力應得的薪水五千元，回到租賃屋，錢還沒有過夜就被房東的阿嬤偷了，對我，那是個最為傷心的月夜。

一九七六年十一月，我二十五歲的堂叔洛馬比克，跟我說：

「要賺多一點的補習費，就跟我來嘉義搬水泥。」十九歲又一個月的我跟他去了。到了嘉義市，一看我們住的空間，幾乎與雞籠一樣的酸臭，我後悔跟他下來嘉義，但是，我再往北的話，已經沒有地方住了。洛馬比克跟我說，你就忍耐。冬天很

6 他就是我的小說集裡的「老海人」，被拍攝成為電影。

冷，你就忍耐，洗冷水，你就忍耐，你吃不慣台菜，你就忍耐，你扛不動五十公斤的水泥，你就忍耐；凡事多忍耐，我們來自於貧窮的島嶼。

洛馬比克帶我見了老闆，見與不見老闆根本就是無關緊要的。這是一家貨物運輸的公司，譬如，就是搬運各個鄉鎮的化學肥料到各個農會，或者高雄鼓山運來嘉義的水泥分散到各個鄉鎮農會的廠庫。所以工作內容，就是做苦力，沒有任何保障的工作。受傷沒有醫藥費，老闆完全不負責苦力工人的一切事務，他只負責貨物送達目的地時，捆工做完，就是收到現金的貨款，他只負責這個。

洛馬比克是我堂叔，大我五歲，一九六一年九月到一九六七年六月，他是蘭嶼國校的資優生，從漢人的認知來說的，他是全校的班長，老師託付他監督我們在學的勞役工作，沒有一次是讓老師失望的，更是我們呼喊「中華民國萬歲」、「蔣總統萬歲萬萬歲」……，呼口號的職業學生。換句話說，他在漢人眼中是個乖寶貝，不抵抗、不爭辯、不爭取、任勞任怨，他年輕有力，是個做苦力的好幫手，於是洛馬比克在嘉義苦力圈人緣極好，除了不會說閩南語外，他的外號是「鐵人[7]」。

所以，我發現洛馬比克其實非常順服於「殖民者」的指揮，與他的父親、我的小叔公是完全相反的性格。他的父親嚇阻白人神父不可踏進他們家院子一步來宣教，他拒絕進天主教堂，他拒絕接受外來的救濟物資，他嚇阻蔣介石來蘭嶼募兵[8]，一心一忠的維護民族的基本權益，維護民族宗教祭儀的完整性，抗議輔導會霸占我們土地的第一人。然而，「鐵人」的美名，真正的意義就是，洛馬比克符合漢人做苦役，做奴役的完整條件，凡事都說「沒問題」。

一九八八年的二月二十日，我策畫的蘭嶼反核運動「驅除惡靈」。我們是鄰居，他喝醉後走來我家，在我家人、父母親面前，把我當作是他昔日的小學弟在訓斥，他極為憤怒的教訓我，說：

「你知道嗎？核能廢料放在我們的蘭嶼，那是國家最好的政策，有核能廢料場，我們蘭嶼的未來就有美麗的發展，王八蛋！你要阻止蘭嶼的未來發展嗎？你這個『小鬼』，你憑什麼？王八蛋！你知道嗎？你阻擋了台灣政府給我們的光明之路，你知道嗎？小鬼……」[9]

7　當他在二十三、二十四歲的時候，他經常一個人承包一台四十呎的聯結車的兩百包、四百包的水泥，一個人搬進農會倉庫。

8　一九六一年出生的達悟人只被族人允許在我們島上當幾天的國民兵，拒絕到台灣當中華民國的軍人。他的父親就是嚇阻蔣介石來蘭嶼募兵的其中之一勇士。

9　洛馬比克當時已經是有執照的聯結車的司機了，從碼頭運輸核廢料到貯存場。

我不知所措地枯坐在雞舍般的苦力人的房間，想著自己高中畢業還不到半年的光景，應該先住在蘭嶼家，好好陪伴父母親才是，我幹嘛急著離棄小島上愜意的生活呢？這個「雞舍」的酸臭空氣，堆積了不可計數的雜物，讓我人生有了第一次的逆向省思，想了許多許多，我當時思索了可以比較的事情。

「當蘭嶼國中老師多好，一生無憂無慮地過，教好孩子們，做到老，有什麼不好的啊！」許多許多人跟我如此說，洛馬比克也是其中之一。

一九七六年七月，回蘭嶼家的時候，去了蘭嶼戶政事務所辦理「退伍證[10]」，也就是國民兵的退伍證件。戶政事務所的隔壁就是中國國民黨，蘭嶼鄉黨部的黨員服務中心。事務所以及黨部中心的主任都是軍職轉任的外省人，當然也是中國國民黨黨員。前者姓李，他跟我說：

「你看，中華民國政府對你們多好，看你們是落伍的人，就讓你們不用當兵，多好啊！多好啊！」

「我說啊！小弟，你保送國立師範大學非常不容易啊，我說你啊，好好念書，感激政府讓你讀最好的大學，將來你畢業，回來蘭嶼，好好教育你們的孩子們，成為有用的中國人，發揚中華文化……」黨部中心的主任如此的「歧視」我個人的獨立性，聽在耳裡，非常刺耳。

台灣的山地山胞（山地原住民），我們的被殖民，是我們的幸福嗎？是我們從「水深火熱的地獄」被中華民國拯救出來的嗎？這些等等的數不清的，身為山地山胞的「原罪」是從哪兒爆開來的。當我還是國校的小學生的時候，已經開始厭惡每年十月慶典的呼口號儀式，這是極度殘忍的馴化教育，避開了侵略弱者的罪惡。因為，來蘭嶼島的漢人，不會說我們海洋波浪似的語言，我們怎麼會是「中華民族」的炎黃子孫之一呢？

洛馬比克被貨運公司群組肯定，是因為他超越了一般漢人做苦力的人的搬運實力，以及漢人老闆說什麼，他都概括承受，未曾抗拒過，即使超過了工時，他也不曾跟老闆抱怨過，近乎任人擺布。

「孩子[11]，要賺很多錢去補習考大學，你就學習我的忍耐。」洛馬比克經常如此勉勵我。

第二天的下午，老闆立即給了洛馬比克工作，搭上已裝上四百包水泥的一台聯結

10 必要條件說是，高中生在學校接受過「軍訓課程」，特別允許蘭嶼籍的高中職畢業生，可以辦理國民兵級的「退伍令」。

11 達悟民族的習俗的稱謂，就是晚輩一概被稱之「孩子」，不稱姪兒姪女，晚輩。

車，要我們去布袋的農會倉庫卸下這四百包的水泥，卸完，新台幣一千元。所以做苦力的工資標準是，不是扛一包水泥多少錢，而是一台聯結車幾百包，扛多遠的距離來算。這類的苦力工資，確實高出於當時的工廠作業員之工資，然而，也是苦力者的悲歌。

當我與洛馬比克開始搬水泥的時候，我二十歲，全身都是細皮嫩肉，包括手掌，即使那一年，我努力潛水掙錢，然而，潛水與扛重物是不等同的肌耐力的訓練。二十歲，為了理想，存多一些錢，去補習班學習考大學，學習被馴化，學習唾棄被汙名化，我那些一九五〇年代出生的，來台灣做苦力的族人們，是我們族人第一代的苦力者，用勞力賺那些錢，以為很快就會有錢，其實被欺騙就是我們飛越巴士海峽來台灣謀生的際遇。此刻，我敢說，漢族人眼裡，對於台灣的原住民族是有很大的偏見，很深的歧視。

我們在傍晚開始搬水泥，到布袋鎮農會的倉庫。天黑以後，有幾盞燈很微弱，照明我與洛馬比克的進出。第一包五十公斤的水泥，將是考驗我是否合適做苦力的職業，二十歲的第一包重量，一個海洋民族的遊子，為了追逐現代化後，當知識分子的夢想必須承受的社會歷練。我們人的肌肉的肌耐力，不是天生的，而是被訓練出來的，知識分子也非一蹴可幾，生下來就是知識分子。我搬了三十包以後，我的手肱、手掌、手指開始間歇性的抽筋，黑夜即將折磨我。一百六十五公分高的洛馬比克，他的身子已經習慣了五十公斤的重量，他也可以承受「工倍錢半」的待遇，五十公斤的水泥即將粉碎我。我的脊椎開始劇烈的痠痛，即使健力選手，也必須從一公斤的重量開始訓練的，我呢！我的人生，從五十公斤的重量起始。四十包的時候，小腿開始抽筋，五十包全身開始抽筋痠痛，腰部開始挺不直了。我開始發現四百包的水泥，扛一包要走三十公尺多的泥土路，剛開始，我不以為然，五十包以後，哇！我怎麼辦？我體能不好，剛高中畢業，一下子就來做超越我體力的粗工，我整個身體的筋脈負荷不了。

「馬然[12]，我搬不動了。」其實，我很後悔跟他來做苦力。

「好。你就在板車上，把水泥移動到邊緣，好讓我搬。」即使移動那些水泥，也讓我耗盡力氣，這是我人生為了理想第一次做苦工，粗工。我的手掌開始無法握住滑溜溜的水泥包，雙手手掌、肱部很快的耗盡力氣，筋腱漸漸失去了收縮的彈力，那時我的手掌已經不能隨心所欲的握拳了，我痛苦不堪。

「馬然，我的手無法動彈了。」

12 馬然，達悟語是叔叔的意思。

「你休息吧！」

洛馬比克，二十五歲，原來每趟扛兩包，後來放在底部的水泥，他扛三包，上層的扛兩包，就這樣，那一夜，他扛了三百五十包水泥，晚上十一點做完。我們從布袋回到嘉義市的路上時，在貨車內，我不時的握拳，鬆拳，握拳，鬆拳活絡筋脈，乳臭未乾如我，我望著車窗外的黑夜，腦海卻想著媽媽勸我不要去台灣念書的神情，流淚是此刻我唯一的護身符，左眼停，右眼流，上大學念書之路與做苦力的公路是截然不同的人生之路，已經是午夜過一時了，二十歲的人生不再企盼黎明與黑夜的交替，只想躺著呼呼大睡，我的無助，又再次地讓我飆淚了。我不恨我堂叔，我恨自己的好高鶩遠了，分明有光明的前途，我卻選擇漂泊的黑暗之路。

貨運公司的大門在午夜時分深鎖著，我認為，那是鎖著他們的財富，也鎖著他們對苦力者的剝削之鎖，一盞暗紅燈罩，我不知道那是什麼玩意兒，後來洛馬比克跟我說是，閩南人的「神明之燈」。

我們沒有任何的盥洗用品，就使用水龍頭邊的司機們洗手洗腳用的臭肥皂，洗澡洗頭。我滿頭滿身水泥粉，沁入了毛細孔，這一夜，比我在台北的工廠工作疲憊千倍，小東北風來襲，我解開身上的工作衣，工作的長褲，衣褲也硬邦邦了，丟進水槽裡，我感覺有些冷，也感覺西部的漢人比東部的漢人冷漠、可惡。沖水的同時，腦海閃現小學時期，國語課本裡的課文，穿紅衣的「吳鳳的故事」，我忽然懼怕了起來，彷彿辦公室裡的那盞暗紅燈飾鎖著吳鳳的紅衣。那時我的頭髮已經硬邦邦如鐵絲，整個頭皮盡是水泥，在數十秒之內，完成沖水的洗澡儀式，因為害怕那盞紅燈的紅。

此刻，我恨洛馬比克，他以為我是他，鐵一般剛硬的身體，叫我只帶身體，不帶任何日常用品，我恨死他了。洗完澡，只是沖一沖身子、頭殼而已，之後，我已經不知道雞籠工寮的髒，雞籠空間的臭，棉被如精神病患者的尿騷味，丟到一邊，然後抱著我的旅包，即刻睡著了，我人生最疲憊的一夜，也是最最困惑的一夜。問，這是什麼樣的工人待遇啊？問，我就這樣過一生嗎？

我恨洛馬比克把我從染織布料的工廠挖出來，而我也只為了多賺一點錢，一種剛出社會打工的笨蛋頭腦，以為雇主會盡心盡力的照顧為他們賣命的苦力者。四百包水泥，我們倆的工資是一千塊台幣，我休息了兩天，這兩天洛馬比克繼續賺他的錢，繼續的一人獨力搬四百包的水泥，他一人的體能可以抵兩個漢人的工時，這是老闆「帕羅襪」（黑道名字）喜歡我堂叔的理由。當時每星期六「帕羅襪」就會帶他公司裡的苦力者去嘉義市的文化路喝「花酒」，洛馬比克未曾去過，他也不喜歡帕羅襪喝花酒的嗜好（我在的時候，他有三個老婆）。我涉足社會不深，關於此等事，我極度陌生。

兩天以後，為了生存不得不去面對苦力的生活，洛馬比克開始帶我坐貨車到各地的農會打工，除了布袋外，還有朴子、水上、東石、義竹、鹿草等等的農會，在這些地方農會搬化學肥料，我們乘坐輕軌的產業鐵路火車，有時候，從輕軌火車卸肥料到十噸的貨車上，反反覆覆的搬運工作，而肥料重量，我的體力尚可承受，然而，那些漢人苦力者都比洛馬比克年長，一群約莫四十來歲的壯年人，他們承包一台又一台的貨車肥料，我們也是。然而，我們與他們很少交談對話，只有在卸完貨之後，說一句「走了」（閩南語）。半個月以後，我適應了苦力生活的頻道，體能也漸漸好了。

帕羅襪幾乎操控嘉義農會八掌溪以北、北港溪以南的肥料運輸，長得很帥，健談，不拘小節，嗜好喝花酒，跑茶室，與一群年輕的貨車司機結為聯誼，然而，鮮少遇見他喝醉。

「小鬼，雞舍整理好啦！可以好好睡了。」他說。我不懂閩南語，不能理解他所有的話，只是感覺這個黑道對洛馬比克非常友善，非常禮遇我們。冬季的嘉南平原就如我們小島的水芋田，充滿綠色的朝氣，沒有一塊田是荒廢的，在農會倉庫所遇見的農友，無一不親切的問我們，何處來也，我們不會說閩南語，「多威？」（哪兒？）「蘭嶼。」「蘭嶼底多威？」「不在台灣，在海上。」他們都以為，蘭嶼不屬於台灣，其實，我們真的不屬於台灣。

半個月了，與那些苦力沒有交集，也沒有摩擦，也沒有被歧視的事情發生，只是感覺平平淡淡的，像我島上冬季的海風，吹來輕輕掠過，很舒服。有那麼一天，好像是閩南人農曆十五的大清早，帕羅襪開車載我們去布袋漁港，我像個嘉南平原最為初旅的遊客，沿路觀賞一塊塊割完稻米的稻田，以及散落的佃農工寮，「工寮」就像是父親開墾新土地休憩、遮陽的地方，特別吸引我的想像。帕羅襪跟我們說，三七五減租讓他家族失去了很多的田地，口中不時的臭罵國民黨政權，但對我而言，他再怎麼解釋三七五減租的政策，我與洛馬比克都不了解政策的意義。

「老闆，我們要去哪裡？」我小聲地問。

「去布袋港買新鮮魚，買海鮮。」「新鮮魚？」西部沙岸有新鮮魚嗎？我說在心裡，很驚訝。他射中了我們很久沒有吃新鮮魚的舌尖，尤其洛馬比克比我更興奮，他喜歡「碼頭」，青春時期曾在台東加路蘭港過跑船生活；而我，就是對於那兒出產什麼魚類相當好奇。那一陣子，我做苦力的身體，依然痠疼得厲害，帕羅襪說「新鮮魚」我想在心裡，甜在嘴裡，新鮮魚似乎解開了我們的苦悶，以及想吃魚的穴道，這是我在嘉義，帕羅襪的貨運公司，最為喜悅的時刻，畢竟可以看到海，對我們也是化解鄉愁的詩歌，聽到海濤，就是聽見祖先的歡呼歌聲，彷彿帕羅襪理解我們的鄉愁，再者，他真的喜歡洛馬比克任勞任怨的工作態度，以及不喝酒的調調，兩年以來，他邀洛馬比克喝花酒，洛馬比克總是婉拒他。車跨過了北回歸線開往布袋漁港的縣道時，帕羅織神情輕鬆地說：

「鐵人，我認識你，我在蘭嶼椰油的第九隊[13]，紅頭的第十隊的監獄服過牢役，從民國五十二年到民國五十九年，我二十幾歲的時候在蘭嶼。」

「所以，你是蘭嶼的隊員[14]。」洛馬比克微微笑說，而我有些緊張看他的背影。

「是的。我認識你，是因為你是代表蘭嶼的鍋蓋學生，在蘭嶼指揮部的司令台呼口號的人，『中華民國萬歲，萬萬歲』……對不對？」

「對。」洛馬比克聲音變微弱的回應。帕羅織繼續說道：

「你們蘭嶼的環島公路，你們的機場，開元港等等的，那裡都有我的汗水，我對蘭嶼有貢獻的[15]……」

我一時愕然，原來帕羅織是「壞人」啊，在蘭嶼服過牢獄的人，我心裡如此想。他跟我們說的，他在蘭嶼的故事，地名、時間點完全正確，甚至於他在我部落的第十隊監獄——蘭嶼輔導會指揮中心，被監禁時，他描繪的事項也完全是事實。他曾經是隊員，是壞人，如今卻是我貨真價實的老闆。

「鐵人，謝謝你這兩年的幫忙。」

「哈哈哈哈，原來你曾經在蘭嶼啊！」

「那是我不良的紀錄，年少輕狂的時候，哈哈哈哈……」

「年輕人，叫什麼名字？」

「齊格瓦。」

「齊格瓦，當苦力沒有前途，去找別的工作吧！」

布袋漁港的環境不好，充滿魚腥味魚臭味，河溪的泥土味讓我感到噁心，想嘔吐，讓我原來亢奮的心情，原來想吃鮮魚的舌尖被臭味卡住了，心裡想著，閩南人真是不愛惜環境，不愛乾淨，到處都是垃圾。還有我們聽不懂的閩南語，我感覺自己彷彿置身於另一個世界，沒有人跟我們說「國語」，我們真的像是個外國人，我們說國語，他們用閩南語回我們。

那一天帕羅襪請我們吃晚餐，我們只吃青菜，其他的大魚大肉，台味料理的重口

13 蘭嶼監獄，當時的蔣介石政權以第九隊、第十隊……取代「監獄」之名，這是蔣氏政權掩飾其欺負弱者的策略。

14 押去蘭嶼四個監獄的台灣現刑犯，他們的囚衣是水泥色的，囚衣背面印上白色字樣「隊員」。外省籍的老士官兵，在軍中犯錯，撤銷軍階，服勞役稱之「長員」。我們都稱之「流氓」。

15 一九五九年以後，蘭嶼島上的環島公路的完成就是台灣來的現刑犯，服牢役時的苦牢。當時各部落之間的石堆橋梁也是囚犯的工程。

味不合我們習慣的清淡味覺。關於這一點，帕羅襪是十分理解的，關於喝酒，他也不勉強我們，他也清楚我們民族是不喝酒的。那一天之後，我與洛馬比克開始在洲南鹽場、布袋鹽場等地方，在貨車上做裝鹽卸鹽的工作，覺得輕鬆了許多。然而，每天的晚上，洛馬比克依然努力做扛水泥的苦力，他如此賣命認真，是為了他住在台北中和的台貿一村的姊姊的生活。他的姊姊有四個兒子，與我姊姊同年，同樣都嫁給好吃懶做的，例外的不勤奮的山東人，所以他努力工作，給他姊姊掙些生活費。

帕羅襪為何年紀輕輕就被關進監獄，我們不知道，但他另一個重點工作，是嘉義某個大的寺廟的管理委員之一，關於此，我是最不理解的，也是最讓我害怕的地方。我工作一個多月之後，一九七六年十二月的某天，帕羅襪叫我去他的辦公室，說：

「這些錢拿去，去台北找個補習班好好念書。我是輔仁大學畢業的。」「哇！」想在心裡。他似乎理解我的猶豫，他又說：

「你經常來蘭嶼指揮部看我們打籃球，蘭嶼島難得有像你這樣想念大學的年輕人，走吧！」

我收了他的贊助款，跟他說聲很深的謝謝，就獨自背起簡易的移動旅包，找個遊覽車回台北了。作為一個小島的部落民族，原來就與漢人社會不同的，我對於台灣的好奇是因為想念書，趴趴走走台灣，期望自己可以了解台灣的地理、台灣的人，好讓自己的地理科的考試成績可以進步，然而我好高鶩遠的想像似乎遠遠的超過我面對的現實社會。帕羅襪跟我說：

「你們山地人在台灣混不出什麼名堂啦！但是念大學可以提供給你更多的工作選項。」

我的想像很單純，但我特別感動他跟我說的許多事情，他鼓勵我的態度勝過學校，高高在上馴化我姿態的老師們，我幾乎完全感動於他的教誨，感謝他在我出社會不到半年時間就遇見這樣的「好人」，這不是意料中的事。

我在台北師範大學附近的麗水街與潮州街租了一間房，當然整棟都是租給北上補習的南部學生，我像我島上冬季的野百合，試圖綻放芳香，綑綁自己，下定決心補習，鼓起好好讀書的心志，就這樣正式的成為第一位在台北市租房重考的達悟人。雖然師大就在眼前，我與它的距離就如天與海的相互遙望，看似連結，實則永不連結。然而，租房容易，一個人的書房，一個人的冬天，一個人的寂寞，那真是比老士官長更寂寞，要定下心來念書，那真是難如登天。花了一個月熟悉環境、道路、巷弄、雜貨鋪，金錢就流失在沒有理財觀念的基因上，我再次回到台貿一村的阿姨家寄宿，原來適應都會生活是如此艱辛啊！

一九七七年末，為了理想及生存，我在永和找了一間貨運公司，再次當苦力工人，該貨運公司專門承攬中華電信在大台北不同區域架設電信的新機組，台北人口迅速暴增。每一天，和老闆、司機三人固定去靠近板橋市，但仍隸屬中和區的電信局，在十噸的貨車上裝載大台北地區之電信發射台所需的發射機組。那位年輕的司機，雖然看得出我是個老實、憨厚、勤奮的山地人，但在車上他與老闆經常直接稱我「番仔」，這種語言上的歧視，很讓我不舒服，年輕司機的言語是刻意的，我厭惡這兩位閩南人。然而，我為了生存，為了存錢考大學，我忍氣吞聲三個月，一個人孤零零地撐著，承受北部閩南人的歧視，內心的被歧視的苦難，降臨到我們這一代，在我們許多同學，發生在不同的工作職場，每當星期日休假時，幾位在兵工廠工作的同學，就會在基隆路、吳興街附近的南村撞球間，打撞球，對於經常被台罵「三字經」、「番仔」的苦悶，也是一句話也沒有跟同學多說，但我們遇見閩南人的時候，我們會避開。一起吃麵的時候，同學們也未曾問過我：「你為何不去念師範大學，當老師不是很好的職業嗎？」

「職業」究竟代表著什麼樣的高深意義啊！我陷入二十出頭苦思的苦難中，然而我那幾位從小一起長大的同學們，他們似乎沒有我關於「職業」的這種苦惱，我彷彿在作繭自縛，對平輩無法訴苦，而大我們七八歲的族人，不識字，又忙碌於穿梭在中永和地區的私娼寮、妓女戶，如我這種好高騖遠的，龐大的夢想，念大學、念研究所等等的夢想，跟他們敘述的時候，他們認為我去念大學比大便還臭，他們深深的理解，在大台北一個人過生活，一個人吃夢想是極度困難的，說我考上大學是不可能的事，說明了我們進入大都會的現實生活圈，梗在我們面前的「適應」，就是一大障礙。我同學的哥哥，基拿依德大我們三歲，在中永和做貨運搬運工人五年之後，他就不再跟我說達悟語，改說閩南語，認為說閩南語才可以被閩南人尊重，他那種調調就是小流氓，我也認為沒錯。

「去台北找個工廠上班，輕鬆。」帕羅襪跟我說，但我卻是又回到當貨車助手、搬運工的勞役工作，彷彿我們進入大台北的職場，做苦力是第一個步驟，我們在苦力圈受歡迎，耐力好，人單純，工作超時不抗辯。

沙浪回家是因為他十八歲的女朋友懷孕。當他再回來台北找我的時候，他已經為人父了，名字改為夏曼．杜馬洛，他從蘭嶼回到台北，我的租賃屋，帶了活龍蝦、魚乾，其中一半要拿給台貿一村的阿姨，感謝她讓我們住她家。禮物拿給阿姨的時候，她留我們吃飯，恰好洛馬比克從嘉義回台北看他的姪兒們，我們又碰面了，然而，他比以前更強壯，更結實，更自信，那天夜晚，我們就睡在台貿一村的籃球場上。第二天，我那幾位在基隆做鐵工的，在三重做貨運搬運工的，以及在兵工廠做彈藥的同學們都聚集到台貿一村，與眷村的外省仔打籃球比賽，那一晚洛馬比克請我們八九位同學吃晚飯（當時我們滴酒不沾），之後又夜宿在籃球場上，除去兵工廠的同學，我們四位同學被洛馬比克說服，再次乘坐遊覽車去了嘉義，再次當貨運搬運工，搬黑松汽水的各種汽水到黑松公司在台灣各縣市的經銷商。

對於我，這是個新的嘗試，新的經驗，新的台灣地理的知識常識，台灣各地風俗民情的鑑賞，也是新的探險。

我們就在嘉義市的興川貨運公司工作，這是個家族的小企業。四十來歲，禿了頭的中年人掌權，個頭小，伶牙俐齒，口才特好，他還健在的父母親約莫六、七十歲，不會說國民黨的語言，老闆自稱阿輝。阿輝知道洛馬比克是位可靠而刻苦耐勞的山地年輕人，就像洛馬比克很受學校老師信任一樣，託付給他的工作，他都會完成，是個很好的雇主與勞動者之間的媒介者。洛馬比克雖然只大我們五歲，但他在我部落的階級是叔叔輩分，再說，就勞力付出而言，他付出得多，在金錢的收入，他卻是均分，未曾有占他人便宜的事情發生。然而，在這個時候，我們已經屬於嘉義的勞力市場，閩南人與學校老師固然都是漢人，勞力市場的閩南人，當然狡猾勝過學校老師。阿輝跟我們說：

「年輕人啊！在我這裡工作就會賺到錢的，十噸貨車，一個月搬運汽水的月績跑到八萬塊，你們就有紅利可以分。十五噸貨車，有十萬月績就有紅利可分。」

乍聽下，說的似乎非常輕鬆，畢竟他是老闆，收錢是他，做苦工的是我們這些山地人，吹冷氣的是他，曬太陽流汗的是我們。我們上工沒有簽約，沒有福利，貨車發生意外，我們沒有任何保障，吃自己的，這些事情，我們根本就不會為自己的福利爭權益，換言之，在一九七七年，雇主只負責收錢，苦力者有任何的身體不適或意外事件，他們全無責任。而我們這些山地人，哪裡知道我們的權益是什麼？那真的就是賣命給閩南人的歲月。

說起來那是三十九年前的事，除了說我們這群年輕人命大，我們的祖先在庇佑我們外，閩南人真的在欺負我們，歧視我們的單純樸實，以及剝削我們的勤奮。對於我個人，豈止是無奈，二十歲便知道閩南人為了掙錢，對於他者，無所不用其極。

我們上工的第一天就被驚嚇，阿輝的父親在一大清早，約莫五六點，刻意進到我們睡的房子，在兩間通鋪的走道，高唱日文歌，我們在部落都聽過的歌，「鬧」我們的耳根。起初我們以為他是在開玩笑，後來才知道，他的歌唱是在妨礙我們的睡眠（後來被鄒族的年輕人打掉門牙），早上五、六點被他鬧，每天叫我們整理貨車內外，使喚我們。我們裝貨（黑松汽水）的地點是雲林縣斗六鎮的黑松汽水廠，他每天的第一句話是：

「山地人，起來啦！山地人，起來啦！」

「山地人」取代了「番仔」，作為我們集體性的代號。其實，我在帕羅禨那兒當苦力的時候，貨車的清理工作是司機的事，同時帕羅禨沒有對我們說一句山地人，或是番仔之類的歧視語言。然而，阿輝大大小小的家人皆稱我們為山地人，其實這兩家貨運公司的距離，只是一兩百公尺而已，但是對待我們的態度卻是人性與魔鬼的差異。

夏曼．杜馬洛為了妻女，為了父母親，努力地工作，阿輝老闆把我們編組在一起，好像知道我們兩個感情很好。我們的司機約莫五十來歲，檳榔不停地吃，在車上開車，香菸一根接一根的抽，人不壞，只是老闆給他開公司內車齡最舊的，像軍用的十噸等級的貨車。

我們一群年紀輕輕的青澀蘭嶼達悟人，一進入汽水廠，從廠內以木製的完整裝好一打一打的汽水後，從黑松汽水公司的大廠房裝貨。工廠裡的員工，跟「鐵人」，跟「阿吉」（洛馬比克的同學），大聲地說「你們好」。後來得知，他們在這個汽水廠，因為體能好，經常幫閩南籍的貨車助手裝貨，得到了黑松汽水廠內外所有司機、苦力者的喜愛。那一瞬間，我們被歡迎，同時在這廠內，我們聽不到番仔、山胞之類的話。

當阿輝公司之四輛貨車進入廠內，一字排隊裝「黑松汽水」廠牌的各類汽水的時候，洛馬比克與阿吉先示範，從原廠出來的一箱一箱冰涼的汽水，沿著類似鐵軌軌道的滾輪，連續出廠。十五噸級的貨車裝四百二十箱，十噸級的裝三百八十箱。輪到洛馬與阿吉裝貨的時候，一陣尖叫聲狂嚎，我們這些新手被驚嚇，廠內的員工大叫：

「來啦！」

洛馬在貨車上，阿吉則站在裝貨軌道的滾輪邊，員工們穿著黑松公司的上班制服，個個面帶微笑，有男有女監視一箱又一箱，剛出廠的冰涼汽水，這一幕如是從高雄北上的快速列車，不停歇地穿越幾道品管員的檢查。我們這些二十來歲的新苦力者，於是目睹到一排排的木箱汽水，聲勢浩大的出廠，如出征的態勢銳不可當，四百二十箱雙手丟到貨車上，貨車上的人立刻地把汽水排列整齊，一行四箱，一排十五箱，堆疊七層，所以剛好是四百二十箱。

他們兩個人的表演，真是煞到了我，他們真是苦中娛樂漢人，把搬運汽水之苦力幻化成勞力美學，讓廠內一成不變的工作內容，增添了愉快，也降低了雲嘉南地區的閩南人歧視我們的級數。因為洛馬與阿吉的美麗表現，給了我們美麗的示範，讓依然青澀的二十歲的我們，在斗六黑松汽水廠，受疼愛而不被欺負。

我與夏曼・杜馬洛的十噸貨車，可以裝上三百八十箱的汽水，剛開始阿輝都讓我們跑嘉義縣境內的黑松經銷商，跑布袋、太保、朴子，後來新營、白河，以及彰化、台中以北的到基隆之黑松經銷商等。一九七〇年代，台灣夏季之冰涼飲料幾乎就是黑松公司壟斷整個台灣的飲料市場。

有一天，我們的車南下高雄運送汽水，回程沒有空瓶子回收[16]，於是我們轉到高雄鼓山區水泥製造廠載了兩百包水泥，北上運送到嘉義縣的朴子鎮農會。二十歲的我們，第一次進入水泥廠，第一次觸碰到剛出爐的水泥，那是很燙很燙的水泥包，我們卻沒有保護手肱部的保護套，水泥廠的搬運員工和我們的司機卻不告訴我們保護皮膚的措施，我們苦苦地吞下某種山地人被欺負的實例，然而，我們跟誰訴苦呢！我們左右的手肱部都被燙傷了，紅腫了，司機一句安慰話，都很吝嗇地說。如今回憶起來，依然讓我鼻酸。

那次以後，每次下高雄送貨，每次就是搬運水泥到嘉義縣各區的農會，固然我們的體力增進許多，並且也適應了。然而，我們的勞力卻是活生生的被壓榨，薪資被無理的扣除，所謂的「分紅」，那真是對我們的極大欺騙，我們靠借支度日，領了苦力賺來的薪水，比我們想像的更差，阿輝說了許多扣除我們薪資的理由，我們的單純憨厚就是他欺騙我們的本錢，我們孤苦無依，忍著忍著，然而，我們更恐懼阿輝的黑道背景。

我與夏曼・杜馬洛跑遍嘉義、彰化、台中、苗栗、新竹等縣的黑松公司所在的經銷商，閩南人、客家人、市區、偏鄉等，我們的境遇是，沒有一位經銷商在炎熱的夏季拿一杯冰水給我們喝，他們只管消耗我們的體力，而我們也得不到閩南人跟我們說「謝謝」的安慰話，證實了我們在小學時期，閩南籍的老師，他們心理素質的差，以及刻意歧視我們山地人的嘴臉，那些讓人厭惡的面具，迄今我們記憶的刻痕仍然難以抹除，以及不計其數的無奈，深埋在深海的漆黑世界，固然，我們留下的淚痕是苦的，但我們成長，承受另一個民族社會的歧視，卻是淬鍊我們人格發展的健康，無須抱怨，轉換成修行。然而，我們這群海洋民族，與閩南人是沒有一絲歷史仇恨的紀錄，但他們就是不會有善待我們的善良基因。

一九七七年六月之前的高速公路，只有從基隆到桃園楊梅而已。我們從斗六送貨到大台北以及基隆，必須從省道轉換成高速公路，對我們而言，是一件愉快的事。首先，我與夏曼．杜馬洛可以完全遺忘去年從高雄坐慢速火車到台北，我們青春人生的太空漫步，我們對台灣西部一無所知的，火車的初旅體驗，不到一年，我們踏上了台灣十大建設的其中之一「高速公路」，這種心境的轉換，似乎在說明我們身為海洋民

16 一九七〇年代的黑松汽水瓶，經銷商都收回賣出的汽水空瓶子，回收率非常高，所以我們運送汽水時，回程就收空瓶運回雲林斗六廠。

族的未來之旅，也將在迅雷不及掩耳之下，我們會被稀釋、傳說將被遺忘。

我們每一趟的北部之旅，都將各區經銷商收回的汽水空瓶，在貨車上堆疊成六層。每當我們越過楊梅下交流道，開向省道公路，我們的司機必定會在楊梅附近的臨時休息站休息，我與夏曼・杜馬洛發現許多司機總忽然消失，在我們守著車子的時候，我們後來才恍然大悟，他們的暫停休息，是去「嫖妓」，這是他們努力開車，賺紅利的另類「紅利」，我與夏曼・杜馬洛只能默認閩南男人有此癖好。我們的司機「辦好事」，彷彿雨過天青，心情愉悅的，態度和善的，對我們特別的好，拿一百元給我們吃紅，這是他們雙向的常態行為，在進入了南下的，也是回家的省道公路區段，男人們經常重複的「插曲」。南下的省道公路有許多陷阱，閩南男人「嫖妓」是其中之一，我們二十歲，單純的，沒有嫖妓行為的小島寡民做不來的事。此時，我們的貨車一下楊梅交流道，我們便坐在裝滿空瓶子的貨車上，那不是為了欣賞沿途的風景，而是我們與司機沒有共通的，相似的成長背景的「話題」，再說，我們閩南籍的司機幾乎全是小學畢業的學歷，華語說不好，我們也不會說閩南語，於是只好坐在貨車的空瓶子上，空瓶子綁得牢不牢靠，那全是我與夏曼・杜馬洛的責任。

省道上，南來北往的貨車盡是疾駛，盡是數不清的雜貨的交流，一切景象的疾駛都在說明台灣內銷的暢通，外銷的長紅。省道上的貨車，貨物流量正在敘述台灣正邁向欣欣向榮的年代。我們來自台灣東南方的小島，我們不僅在實證小學老師對我們的「說謊」，我們也正在實證，適應台灣西部閩南人的味覺口味，是一件很不容易的事。對於我，這一段在西部的苦力歲月，也遇見了許多許多生活艱困的，底層的閩南人的日常生活，他們的堅忍更是激勵我向上奮鬥，不可遺忘磨滅的記憶。

我們從基隆、台北各個黑松汽水廠的經銷商回收來的空瓶子，直奔雲林斗六廠卸貨。因此楊梅與斗六間的省道公路，當時台灣西部的美麗環境，我們親眼目睹了，除了綠油油的稻田綠脈，偏鄉的次級的黑松經銷商，從台南到新竹之間小鄉鎮外，那群在城鄉角落的經銷商給我們的熱情，疼愛我們的二十歲，讓我終身難忘。與阿輝老闆家族相較下，幾度夕陽紅，冷暖存在心坎。

「少年仔，要努力賺錢，存錢，你一定會考上大學的。」

其次，省道上最讓我們嚇破膽的是，我們的司機們說的「豬車」。豬車通常有兩位助手，貨車後邊的豬頭上方，蓋上保護一群豬頭的帆布，助手就與群豬在一起，在固定的里程數給群豬頭潑冷水，用地瓜根莖餵食，讓豬頭保持活力，保持一定的體重，省道上的每一輛豬頭車的時速都在一百二十公里上下，二十頓的Fuso貨車，裝滿四十頭豬，如沙丁魚似的擁擠。豬車無論是從嘉義、彰化、雲林駛往台北，每一輛的司機都是不要命的在疾駛，北上到中央市場。當我們聽見，以及其他非豬頭車的，聽見「豬頭群集慘嚎」時，必須讓道，降下車速，那是他們在貨運司機在省道上「行規」，他們的車隊是省道上的黑道大哥，他們是在斤斤計較豬頭群的「體重」，你不「禮讓」，後果是不堪回味的。車速更是讓我們顫慄，彷彿活生生的鱸鰻[17]，在省道上演蛇頭擺尾的驚險畫面，那真是恐怖。

當我們遇上「豬車」，即使我們有黑道背景的阿輝老闆，也要禮讓六分，然而，我回想起來，這群豬車在我一九七七年四月到九月的貨運歲月，沒有遇見他們發生車禍。那群司機的年紀約莫在三十五歲上下，我們的司機說：

「判斷力最準的年紀。」

我與夏曼．杜馬洛在貨車上的南來北往的奔波，每一趟從台北南下到斗六，幾乎都睡在貨車上的空瓶堆中，每一夜，我們的身體就是用來餵蚊子。然而，在數不清的夜晚，數不清的超時工作，老闆阿輝沒有一次關心我們的安危，關心我們是否吃飽過，是否睡好過。阿輝對於我們的態度，在第二個月以後，他露出了「原形」，他編織了許多許多扣除我們「薪資」的理由，譬如，沒有「加班費」，我們常常在午夜，收回空瓶卸貨才工作完畢，他露出凶惡的臉給我們看，讓我們知道他的貨運公司正在「虧損」，我們的單純，涉足社會淺，必定被他吃得死死，我們唯一的辦法只有忍耐，二十天的工資變成十天，我們吃的虧被阿輝說成是合理的。我們剛出社會，在台灣，我們沒有前輩可以作為借鏡，減少被閩南人欺負的苦難。三個月以後，有一天午夜，我們睡在斗六汽水廠大門邊的臨時搭建的早餐店內，我們生火驅趕蚊蟲，以紙箱當墊子，夏曼．杜馬洛心情低落地跟我說：

「我很累，老闆的弟弟一直用三字經說我『番仔』，很受不了……」

「為了你的小女兒，我們忍耐啊！」

黑松汽水廠的月色夜景靜靜的，前面的稻田剛割完稻子，暴露出平原的和藹，以及農夫們的憨厚氣宇，幾座工寮幾盞微弱的燈，還有跟人類一樣也在休息的水牛，多少降緩了被稱為番仔的外來遊子的疲累，路邊一字排隊的貨車，也像疲憊的眾苦力者等著黎明，等著雇主壓榨的指令，短暫的歇息，短暫甦醒的尊嚴，為了尊嚴，我們也只能忍耐，兩位二十歲的番仔，用紙箱遮蔽心靈與肉體的傷痕。

當我與夏曼．杜馬洛再次同車的時候，我們要搬運汽水到苗栗的公館鎮，阿輝又在編織騙我們苦力錢的理由，我們年紀小，沒膽抗爭，唯一的尊嚴就是拿來為他做苦力。那一天的下午，我與夏曼．杜馬洛坐在貨車上的空瓶堆中，吹風納涼，任炙熱的陽光曝曬，路邊到處是採收龍眼的人群，當我們經過嘉義民雄高中的大門的時候，一

17　鱸鰻是海裡雜食性的生物，飢餓時脾氣凶殘，不擇食的囫圇吞嚥，飽足時悠悠哉哉的旅遊。

群人擁擠的出現在我們眼前，夏曼．杜馬洛問我：

「這群人是在幹嘛的，怎麼那麼多人？」

「大學聯考。」我淡淡地說，因為他不知道什麼是「大學聯考」。

不知怎麼來的，我的眼淚忽然沿著鼻梁兩邊狂瀉，心裡想著，「今天是大學聯考，我畢業已經整整一年了，我那個夢想，夢想靠自己考上大學的夢想，只是一句欺騙自己的，一道堅固的謊言。」我的堅強立刻脆弱得像一粒龍眼，咬碎吞食，最後只是一坨糞便，「夢想」是一坨「糞便」，想著想著，眼淚救不了夢想。上大學的理想變成了遙不可及的幻覺幻影，像是我兒時的幻覺，我駕馭單桅帆船航行在大海中一樣，不可能實現的夢想。

啊！眼淚救不了夢想啊！……極度的失落，失望如雨瀑灌頂，傷感撞擊心脈，久久不能自已。我因沒參加聯考而悲傷。

那天之後，比夏曼．杜馬洛小三歲的，老闆阿輝的小弟，連續一週與他一起工作，「小鬼」不僅以「番仔」直呼夏曼．杜馬洛，同時裝貨卸貨的八成工作，小鬼都在與司機談天，於是累死了我的同學。後來領苦力工資時，夏曼．杜馬洛跟我說：

「哥阿蓋[18]，『小鬼』一星期以來，他從早到晚一直叫我『番仔』，不僅歧視我，挑釁我，同時所有空瓶子的卸貨都是我一個人。我被歧視得累了，更想念女兒，我會把小鬼打得半死，然後離去。」

其實，我在帕羅襪那裡做苦力時，並沒有遭受到大我二十來歲的那群閩南人的歧視，反之，他們幫我忙，伸出援手。但阿輝老闆，及其家人的心態，似乎對我們這些勤奮的，蘭嶼來的年輕人，只想給我們做苦力的壓力，加長工時，而不以真誠對待我們的勤奮。

那一天午夜過後的天亮清晨，阿輝老闆輕輕推開我們睡的房間，對我說：

「小江去了哪裡？」顯然夏曼・杜馬洛已經連夜坐車回高雄了，我心裡想著。

「我沒有看見他。」我回道。

七月的這個時候，只剩下我一個人還在為阿輝認真的工作，我那些同鄉的同學皆已不告而別，走了。我害怕阿輝老闆找小流氓揍我報復，就在那天中午，收拾簡易的行囊，走到帕羅襪的貨車公司，而後一五一十地跟帕羅襪說明了我的來意，以及四個多月的苦力生活。他說：

「你在這兒是安全的。」

帕羅襪在那天晚上去了阿輝老闆的家，他跟阿輝說了什麼，我不知道，但我理解

---

18 達悟語，意指男性的平輩摯友。

帕羅襪是嘉義地區位階很高的在地角頭。

我一個人又回到嘉義西海岸，在各地農會搬運化學肥料，此時我的體能比我最初來的時候，進步很多。「熟識」，似乎我被那些長期做苦力的閩南人接受了，五個月在黑松汽水廠，我開始聽得懂閩南語，開始以簡易的會話與閩南人溝通，心靈的「迷向[19]」漸漸釐清了笑容的出口。

我體能的進步，也是那群另類的，專門承攬嘉義各區農會的化肥的苦力者們有笑容的開始，其次，因為我開口說閩南語，一切的一切把陌生幻化成兄弟般的情誼，有說有笑的，自然是化解肉體疲憊的良方。這群搬運化肥的大哥們，如同我們那位道上大哥帕羅襪的語氣，他們都是鼓勵我繼續考大學，沒錢就去做苦力賺錢，給自己更結實的身體，更堅實的毅力，一個人可以有多領域的工作經歷，讓自己累積比同輩的漢人有更多的，靠自己努力奮發的故事。一個月以後，我離開嘉義，有些情愫不捨，但這群苦力者沒有一位不趕我走，他們用笑容驅離我，離開賣勞力的職場，最後我去了桃園某家紡織工廠上班，那兒有我的好友，台東中學的學長阿忠。

紡織廠內數不清的正值青春美麗的女工們，那是我們台灣各地來的年輕男孩肉眼閱讀不完的青春臉孔，也讓我們看得「眼花撩亂」的一群台灣美少女，於是我們這一代的達悟人有了閩客籍的女朋友、太太，在勞力密集的工廠，也是稀釋我們自卑的地方，只要努力認真的工作，進階為領導階級的職位就有機會。對於我，只有節省自己的開銷，才可以有錢繳納補習費和在台北的房租費。

一九七八年二月，離開了桃園，來到台北南陽街的台大補習班，並在永康街，一個舊式的，以瓦片為屋頂的房子租了一間房，我說是「前進大學之門」的島嶼。

「補習班」這個小社群是另一類型的社會群像，是我從勞動力的職場轉換到我自己也認為是新的陌生景象，依靠自己學習「考試」的學校。人生本質就是不斷的一而再，再而三的考試，這個「考試」是必須達到主流社會認定標準的考試，這一點，對我而言就是最困難的，也是最痛苦的轉型。

我再次移動到台北市，孤立地學習適應都市文明的新環境，這是個只有車聲，沒有浪濤聲的「複雜聚落」。一年多以來，我纖細的肉體游動在台灣西部的省道縱貫線，從高雄港到基隆港，從漁村，農村，鄉鎮，到大都市，從事貨運搬運工，做的事有紡織廠作業員，染織廠作業員，搬水泥，搬汽水，搬玉米，搬西服布料，電信業，

---

19 「迷向」是海洋學上的專有名詞，在一望無際的汪洋，不依賴各種航海儀器辨識方位，便失去判準，慌恐降臨。

搬運工場出口貨物等等。去了補習班，每晚回到永康街的租賃的小空間，一間只有兩張三尺六尺寬的榻榻米，我孤苦無依時哭泣的空間，而非讀書的房間。哭泣久了，我也無法立刻適應補習班的練習考試的時刻表，我的讀書也根本就沒有時刻表，我有的，只有空想與幻想，原來回到台北，租屋，安定念書是何等的困難啊！幻想占據了我大半的時間，發覺靜靜地念書，準備考試幾乎比潛水抓魚困難一萬倍，比搬水泥痛苦一千倍，困難啊！困難啊！我說在心裡。

一九七八年的二月到六月，那是我一段恍惚的歲月，六月，我開始專注於在阿根廷舉行的世足賽，每天一早，在許昌街YMCA的大門邊角，讀到《聯合報》報導阿根廷國家隊不斷製造贏球的奇蹟訊息，我孤立無依的心魂因此安靜，「世界盃足球賽」，我忽然掀起了我的興趣。一個完全處於無助的幻想小子，我知道，我這一年考不上大學，但我始終不懊悔拒絕保送師大這一件事。我只是去練習，去適應，去北一女中考試，體驗那種「考大學」的無限榮耀，體驗再次落榜的傷感心魂。聯考的結束，只是等待落榜的儀式，然而，我的心情是亢奮的，每一天閱讀各報的體育版面的世足賽的報導，牢記阿根廷贏得他們在世足賽的第一個世界盃，第一次擁抱大力神杯，讓阿根廷舉國上下，為「阿根廷歡騰」報紙圖片，而「肯佩斯（Mario Alberto Kempes）」就是一九七八年世足賽的大英雄，金靴獎的英雄，他變成我追求夢想的英雄。

阿根廷在一九七八年主辦第十一屆世界盃，不過，在賽前仍有隱憂，因為阿根廷在二年前，發生了一場軍事政變，一些國家考慮以缺席來表達抗議，經過協調後，所有踢進世界盃的球隊，還是都來參與地表上最瘋狂的體育盛事。

看到這一則訊息，世界顯然就是不平靜的星球。

然而，我心裡想的，我的努力是要彌補自己不是漢族，不懂中國歷史，中國地理，中國國語，不懂三民主義是什麼玩意兒，更不懂數學，對於英文，會說卻不懂文法，偏偏台灣的英文考試，最愛考文法，文法好，寫不出好文學。我知道，我必須運用身體的體能去做苦力的工作來賺錢，運用喜愛幻想的腦紋，發揮自己的學習邏輯。在我的人生記憶，那年六月的一陣旋風的世足賽，烙印在我心海的是，繼續為自己的夢想努力，我也感覺自己好像是被夢想折磨的小男孩，終究還是要走自己走錯的路，但我不甚理解自己的性格，為什麼不喜歡被國民黨化的，被馴化的山地人，甚至是瞧不起。

世足賽之後的七月，我再次面對自己在台北的現實生活，另一邊的腦紋，是在思念祖島上的雙親。回家的交通旅程是曲折的，回家的心情是昂貴的，是失敗者，是失去了青春的笑容，父母親雖然不知道什麼是失敗者，但是我卻非常思念民族的傳統食物，還有祖島的完美寧靜，星空的語言，海洋的歌聲，還有疾風，還有瞬間的雨瀑，還有父親的魚，母親的芋頭，這些都不是都市原初的自然資產，這些元素讓我想回家。回家是給自己懺悔，也是給自己擁抱祖島的溫馨。

那一年的夏季，疼愛我的小叔公往生了，他家的國宅後來有洛馬比克在夜裡點燃煤油燈[20]，他也回家了，夏曼．杜馬洛努力為女兒抓魚，離開了嘉義之後，祖島的海洋如是不滅的哲學家，讓我們在夜間相聚，在每一條海溝尋找龍蝦的鬚角，是我們的食物，也是我們換取現金的財源。

洛馬比克帶領我們進入台灣西部的苦力市場，讓我們見識到了閩南人的庶民生活，此刻回家，他又在夜間帶領我們潛入祖島的跳躍水世界，每一次的夜潛都讓我深深地被多異迷彩的水世界迷住了，似乎也在療癒剛剛發芽的，在都市的失落感，那是我不曾感受的舒暢，在夜間潛水的那時段。一個潛水手電筒在海水內，彷彿是UFO在幽暗的水世界搜尋寶物似的，一切的一切如是嬰孩睜眼後對世界的無比好奇，遺忘了自己在台灣的苦澀生活，還有被歧視的悶氣，原來海洋的浮動，多彩的海洋生物具有療癒我的失落感的效果，治癒自卑的功效，我忽然的意識到，海洋、海洋。我開始思索它的存在了。

然而，時間短暫，我不想讓海洋的浪漫謎樣，誤了自己的大海浮夢。走吧！我再次回台北，是為了再延伸夢想的實現，我再次的回到板橋，回到染織廠工作，在大同水上樂園的附近。做苦力賺錢似乎是容易的，然而節省開支，存錢不是一件容易的事，時間似乎站在考驗我的刀鋒上，是來折磨自己的任性的惡靈，想著想著，「存錢存錢」，這是對的策略，卻是困難於守城。

染織廠來了一位中興大學夜間部的大學生，白天開車，晚上去上課，是社會組的，念法律。一九七八年的八月至一九七九年的二月，在這家染織廠做工，我們跑遍新莊、泰山、五股等區域的，大大小小的針織廠。那是個美麗的年代，台灣沒有失業問題的年代，許多國高中畢業生，即刻投入勞力市場的年代，台北的幸福指數飆升的黃金時期，工廠的女工不時給我她們青春的美豔笑容，這也多少增加了自己體能的活力，賣力的搬運不同級數的布料，那些布料正是高級西服的質料，因此我認識到了大

---

20 當時蘭嶼島還沒有電，沒有火力發電廠。

稻埕地區的布商，迪化街各個西服店，最有名的就是「嘉裕西服」、「勤益西服」。我工作的熱情，又剛好司機與我個性非常投合。每一天路途中，他不斷為我複習歷史課、地理課，還有三民主義，以及文言文的國文課，還有，為我介紹女工，她們偶爾療癒了自己肉身的傷痕，但卻是無法癒合我自己在失落中的憂鬱情緒。

一九七九年二月，我再次繳費去補習班練習考試，似乎又是給自己折磨，如此之第二次的煎熬，是我唯一可以進大學大門的方法，也是不讓年邁的雙親看見自己通往墮落之路。教室裡的男男女女肩並肩的座位，十分擁擠，像是串成一串串項鍊珠子，無法動彈，由於我的臉部輪廓，和不會變白的膚色，還有山地口音很重的國語，這時，那個番仔的自卑符號還貼在面容。有時候，回憶自己的頑固沒去念師大彷彿極大的挫折時，自己不免會在永康街的租賃屋哭泣。哭泣的時候，沒有人曾經來過我的房間安慰我。

我不僅面對課業的迷思，也面對街道上許多陌生人的陌生世界。在永康街的三角公園，在南陽街的補習班，一位二十出頭的，被稱為山地人的我，除去孤寂外，發現我四周圍的一群人，沒有一個人曾經跟我聊過「海洋」，讚美過我的民族，我的島嶼。在補習班沒有一個人、一個同學說過我是「海洋民族」，但知道我的民族是穿丁字褲的。蘭嶼島，達悟民族顯然都比中國大陸的地名、都市來得更遙遠，更為陌生，也顯得自己的不存在是事實，存在的是，我是「邊疆生」。我或許對於這種國民黨政權賦與我們歧視性很濃的，台灣原住民集體性的汙名感到厭惡外，我個人一直想問的是，台灣的原住民族跟蔣介石政權，有什麼不可解的歷史仇恨嗎？為何非把我們同化成「漢族」呢？非得歧視台灣島嶼原來的主人？即使到了現在的二〇一八年，漢族依然存有對台灣原住民族很濃的歧視，也就是說，漢人眼裡還有「黑色」的皮膚。

我並不知道，補習班裡的某個女孩注意了我很久，班上的男生們，不用多言，也注意了她很久，因為她很漂亮。六月的許多天，我為了避免補習班裡蒸午飯便當的香味讓自己更飢餓，中午時，經常去新公園，現在的二二八公園裡的活水池旁，在那兒坐下來幻想自己的未來不是夢，看著一群人天天用麵包餵食池塘的金鯉魚，我總是處於飢餓的狀態，把自己幻想成那些金鯉魚，看著餵食者，我在心裡說：「為何不把麵包丟進我嘴裡呢！」飢餓讓我有一絲絲精神錯亂。

想著自己高中畢業後的第三年是如此的狼狽，放棄師範大學，靠自己努力考試，在陌生的城市努力生存是何等的困難啊！我自認為資質不錯，可是頻繁的飢餓削弱我的專注。

「為何不把麵包丟進我嘴裡呢！」

飢餓逼出了我眼眶裡的淚水，是自討苦吃的淚痕，不可怨天尤人的淚水。忽然有人在我身後說話：

「你在這兒做什麼？」她，讓我驚嚇。

「妳來這兒幹什麼？」我反問。

「來找你。」我臉色驚嚇得忽然變黑。

一星期以後的禮拜日午後，她，曉青來到永康街找我，我們就在永康街公園聊天。從那一天起，她不再去補習班複習功課，或是自習，就在我租賃的日式住宅的中庭溫習試卷。她每一天來，每一天的複習，於是我們的身體很自然的忽然「複習」亞當與夏娃的傳說故事，溫習月亮帶給海洋的潮起潮落的律動。對於我，被政府稱之邊疆生的身分，那是自卑的身分汙名，但卻流著在都會被隱蔽的海洋野性的汗水，許多的波濤浪沫是藍天與藍海的莫名相遇。我終究是不知道如此的相遇原來就是沒有寫好的人生劇本，但我真的不知道，曉青是否愛我，我的「邊疆生」身分是自卑的符號，但她卻是高級外省人的身分。聯考之後，我為了生存，到士林找我的同學，也是我的表弟，他是承攬建屋工地綁鋼筋的小包頭。

「我考上台大外文系。」她說。

我搬離永康街，是因為沒有考上，再次的落榜，我沒有憤怒，只是憂鬱成為我的面膜，我繼續做苦工，那是在建屋的屋頂直接曝曬於豔陽下的苦力工作。每一棟五樓的國宅，從地下室扛起不同粗細的鋼筋到二、三、四、五樓，從這一棟到那一棟，從士林、石牌、天母、社子島、北投、關渡、松山，我身體移動做苦力，是為了再次的存錢去補習班練習考試。豔陽，鋼筋，我的肉體不知被燙傷了多少次，同樣的，我們這群二十出頭的山地人在都會裡綁鋼筋，依然是沒有任何的保障，我只能說，是我們的祖宗在暗中保佑我們身體免於受傷，如同我坐在貨車上，沒有發生意外，是祖靈繼續保佑我的身體完好。同樣的，不同承包商對我們的友善，只因為我們的體能好，只因為我們不會跟包商爭取更好的福利，任勞任怨。

曉青在放榜之後，來到士林某個建築工地找我，久久久的，流著淚水望著我，哭訴說：

「你怎麼變成這副模樣！」

她扳開我的手掌，我的雙手手掌已經是無法洗乾淨的鑄鐵鐵鏽。她細嫩的手掌，彷彿在敘述著我們彼此之間，從出生起就是不一樣的命格，我無言以對，從那一天的午後，曉青忽然消失了。來得快，去得也匆匆，然而，我一直在思念她，用生命的曲折思念她對我的優雅的愛戀。

「別了，我的愛人。」我說在心中，永不滅熄的思念，她給我一種沒有歧視的愛，一個平等的眼神，初成熟的，潔白細嫩的身體。因為要省錢，我就住在某位包商的建築工地的地下室，不用房租，繼續在台大補習班練習考試，因為曉青的話，「你怎麼變成這副模樣！」讓我的內心深處，忽然乍現我兒時的幻覺，我兩次消失在人間的幻覺，乘坐一艘單桅的帆船航海的幻覺。我睡在我蘭嶼同學們不知道的工地地下室苦讀，航海的幻覺是一個不可能實現的夢，但無垠的藍色大海，有個航海之神讓我們的祖先可以選擇「人之島」（蘭嶼）定居的，讓我們不再漂泊，我努力了三個月，告訴自己，不要再過一個工地一個工地的苦力生存。航海的幻覺讓我專注於練習考試。

一九八〇年，我終於考上大學，私立淡江大學法文系。當我看見了自己的名字在放榜的那份報紙上的時候，我說在心海，我終於靠自己考上大學了。我又說在心海，黑松汽水破碎的汽水瓶，割傷了我無數次的皮膚，夏季火燙的鋼筋，灼傷了我無數次的肩背，謝謝你們只讓我皮肉受傷痕，謝謝我數不清的老闆們，你們欺騙了我的苦力，感謝你們給我求生的鬥志，傷痕會復原，欺騙幻化成我命格裡的不朽的經歷。謝謝，我終於是大學生了，蘭嶼島第一位靠自己的實力考上的，證實了自己被冠為邊疆生的資質是不差的。

那一年的大考之後的第二天，為了等待讓我緊張的放榜日，也是為了生存，我再次穿起綁鋼筋的工作衣，立刻上工，那也是為了賺回家的旅費。

回家之前，我去了永康街探望房東，大陸河北石家莊來的石姓房東，他高興我終於考上大學了，同時石老遞給我一封沒有地址的信，那是曉青寫給我的：

「別了，我的愛人！」

「別了，我的愛人！」我含淚說在內心裡。

「我喜歡你，因為你選擇了困難而曲折的路走，我喜歡你的小小憂鬱，因為你拒絕當陽光男孩，我喜歡你，是因為你是唯一的男孩，跟我說過，海裡的魚類會游泳，最漂亮的魚給媽媽吃，給女朋友吃，我好喜歡你說會親自抓魚給我吃，因為這是我二十歲之前的青春人生，最讓我有尊嚴，最讓我高興的一句話，所以那一天，我把初夜給了你。我的父親是將官，我的家族，他們是高級外省人，非外省人不嫁，不娶……」

「別了，我的愛人！」這封信，石老已經存放了一年。

回到家，部落的家是距離海洋最近的距離，海浪之於我，有難以抗拒的深層情愫，我說：

「我回來了，那是真的活過來了。」

我突然回來，父母親的愉快比海浪的浪花還燦爛。已六十三歲的父親，為了我的回家，立刻穿丁字褲去潛水抓魚，這是歡迎遊子歸來的儀式，還是他在孝敬他的獨子呢，我不知道，之後問我：

「你何時回來教書？」

「我不是國民黨培育的『山地人』，所以不會去教書。」

一九八〇年，蘭嶼島還沒有電燈，核能廢料貯存場、核廢專用港口、台電火力發電廠等，在這個時候正在興建，島嶼的整體氛圍彷彿正在迎接新的「世紀」似的，忽然間，島上的年輕人都有了可以賺大錢的工作。彼時，島上四所監獄空蕩了，讓我們恐懼的囚犯撤離了，換來的一批人是宣稱，即將改造蘭嶼的新興未來的一群人，這群人就是黨政軍，宣稱核能廢料貯存在美麗的蘭嶼島，是蘭嶼人的幸福。這是在我考上大學的那一年，漢人為蘭嶼鑄造的邊疆領土的災難大紀事。我的朋友們，做奴工的口袋在一夕之間變得滿滿的，每個人的臉上擠出了蘭嶼被光復之後，最燦爛的笑容，但那卻是我個人預感到的，民族的最為極大的，人為營造的，科技說謊的災難，我稱之被殖民的慘酷代價。

天空的眼睛依然如我十歲的時候，在我靠自己考上大學的時候，一樣的明亮明媚。我對夜空微微笑，那一夜，也是我人生的開始，開始沒有蘭嶼朋友們的祝福，沒有人恭喜我考上大學的儀式。我只對天空的眼睛微微的笑，對準母親指給我看的那顆星微笑，那顆星是母親給我的一顆天空的眼睛，說是一直陪伴我一生的天空的眼睛

（星星）。

「別了！我的愛人，曉青。」我把曉青，她忘了寫地址的信，在我家國宅的屋頂上，當枕頭仰望夜空繁星睡了。

「來了！新而巨大的災難，我的祖島。」

原來，我十歲起就選擇了曲折的路走，在我考上大學的這一年，「核能廢料貯存場」就是給我的逆境的禮物。該如何走呢？就走自己的路吧！我說在心裡。

「別了！我的愛人，曉青。」來到淡江，開始了我的大學生活，我的幸福是，飢餓像是天空的眼睛日日夜夜陪伴我，如是我血液裡的基因，與我長相左右，不離也不失蹤。

我選擇了海洋的古典文學

我站在北方的天空，是真正的北方，是冰雪覆蓋的島嶼，僅次於南極的冰原（Ice Sheet），我念過的地理，華語稱之格陵蘭（Green Land），它是丹麥屬地，丹麥王室稱之綠色島嶼，是我們星球上的第一大島，這個島嶼的原住民被印地安人稱之Eskimo（愛斯基摩），他們自稱Inuit（依奴依特）。

我站在北方的天空，當我越過了北極圈六十六度的時候，我不由自主地開啟了手機的影像，拍攝十五秒，那真的是一片雪白的世界，想留住它。從飛機上鳥瞰，看不見一粒黑點，整個格陵蘭的中北邊是人類足跡難以踏查的地方，即使依奴依特人也不可能滑雪橇來這兒打獵。聽依奴依特人說，人類就是冰原的獵物。

這個島嶼，其實比台灣大上千倍，但是人口不到六萬，是星球上人口最為稀少的島嶼。島嶼北寬南窄，狀如錐形，最大城市是Nuuk（努克），位於錐形南端的西部。整座島嶼的西部，就像我出生的蘭嶼島，有數不清的，我稱之海溝，他們稱之峽灣（Fjord）的地形，這個意義大不同，峽灣的上源就是許多的冰川（glacier），在我的島嶼稱之熱帶雨林的山谷。我與友人乘坐一艘船，遊歷於峽灣中，船邊陪同的座頭鯨不吸引我的眼光，讓我驚奇的是峽灣的天然地貌，那真是大自然的「神工鬼斧」，我頻頻張嘴讚嘆，試圖利用腦紋極為貪心的想把它全景記憶下來。

或許是海洋民族的視覺基因吧，有個一出生就帶的偏見，那就是我對於美洲大陸、歐亞大陸裡的「神工鬼斧」地景不感興趣。就像我的海洋小說，什麼海流啊！什麼女人吃的魚啊！男人吃的魚啊！不就是魚嗎！什麼中潮啊（不飽也不餓）！滿潮啊（太飽了）！退潮啊（正在餓）！不就是吃嗎！什麼天空的眼睛啊（就說星星就好啦）！或許也是陸地民族的讀者不感興趣的部分，理解的也霧濛濛的。

我們從努克市乘坐船，往峽灣內遊覽。我穿上可以禦寒的長褲、登山鞋、羽絨外套，還有我從登過十座七千多公尺以上大山的朋友那兒借來的大外套、大手套，再穿上大大的厚襪，還有保護我禿頭的棉帽。我那樣的裝扮花的費用就是我在一九八〇年，在淡江大學念書時一年的生活費。

峽灣裡的海水溫度，若是像在蘭嶼時裸身下去潛水一個小時的話，我將變成不會腐爛而完好的「冰屍」。船隻沿著峽灣邊緣開，我們看不到一棵聳立的大樹，岩壁上也沒有任何長出來的植物是我所認識的，換言之，格陵蘭峽灣的一切生態給我視覺新鮮震撼，絕對是蘭嶼島上沒有的生態系，可謂我視覺感官裡的大乾坤。聽我們導遊說，格陵蘭的峽灣沒有北大西洋挪威來得複雜，來得壯觀，然而每一條峽灣都有依奴依特人的冰川神守護，也就是守護冰原的原初潔淨，他們說，不是上帝創造的，這是我最愛的「神話」（冰川之神），出自於原住者的夢幻世界觀。此時，我個人的偏見忽然浮現，心中有難喻的不吐不快之感，假如我可以說的話，同時，假如你是我的讀者的話，還請妳（你）們寬恕我：

我個人不甚喜歡人長得太高，吃得太胖的人類，因為死後棺材會加長，會加重，浪費地球上的樹材。我不甚喜歡太有錢的人，因為他（她）們的棺材會選擇曠世奇「材」，稀有樹種，還有墳墓特別的遼闊，不就是一個「死」字嗎？還有全球性的殯葬業者，利用多鬼神論，因為人只能「死」一次，無所不利用人性的最弱點，大大的「撈」死者的錢財，死得真的不可瞑目啊！窮人家的殯葬，卻給予草率火化。還有，我不甚喜歡天上只有一個神，地獄只有一個閻羅王，那是太寂寞的神，以及太無聊的王，我認為天上與地獄就像人世間的多樣性的鬼神，多元化的娛樂。一位依奴依特人跟我說，他們只相信耐寒的神與鬼，不相信有天堂和地獄。

努克市有一間泰式餐廳，此說明了飲食無國界，也詮釋了人類的包容性，多元神鬼的複雜性，我問那位老闆，妳怎麼來的啊，她的先生的膚色跟她一樣，依奴依特人，就沒有種族歧視的複雜問題，我微笑回應她。有一天，我們一群人在努克市參訪一間基督長老教會，一位白人牧師跟我們說明最初來到努克市的牧師的「大功德」，其結論就如白人史懷哲去非洲黑人社會行醫一樣，就是歌頌「白人英雄」，有人問牧師說：

「有多少個依奴依特人是教友？」

「沒有。」這個答案是真實的。

二〇〇〇年到二〇〇四年，我在新竹清華大學念人類學研究所，也就是我大學畢業後的十五年，那時讀到一本書《新英格蘭的誕生》（*The Founding of New England*），是由詹姆斯．亞當斯（Adams, James Truslow, 1878-1949）所撰寫的。

他書寫一群清教徒在一六二〇年搭乘五月花號的郵輪，由英國到美洲，因為是「感恩節」，所以不斷地被傳頌，他們說「聖經」拯救了他們的靈魂，然而，印地安原住民教他們獵捕河狸（Beaver），河狸獸皮恰好也給了那些清教徒們與歐洲商人進行交易的財源，印地安人也教他們種植玉米，讓他們活了過來，與此同時，清教徒給了印地安人瘟疫，死了很多很多拯救他們肉體生靈的人，他們掠奪了印地安人的土地。他們說，那是上帝的恩典，讓他們有更大的土地可以生存。這是這本書的大意之一。這群人的問題讓他者百思不解，從心智正常人的來說，真是不可思議。

我與幾位台灣的朋友們，在努克市平靜易走的街道閒逛，每一天的傍晚，有一小眾的依奴伊特人在丹麥人開設的大賣場的角落出售不甚有價值的二手貨，他們的身高約是達悟族人的平均，一百六十五公分，不是很高，膚色跟我一樣，年紀也多比我小，結論是，他們都是單身漢，沒有去過丹麥的哥本哈根，因為沒有錢買飛航六小時的機票，冰原就是他們的世界，如同達悟族的海洋，即使大我三歲的堂哥，或是我們已六十六歲的堂叔，老海人洛馬比克，他們不僅放棄了學習新事物，如買手機、閱讀網路新聞，也拒絕把情感投資到新的環境，以及新的常識，對於這類族群，假如新鮮是某種養分的話，那已經是多餘的浪花了，民族的未來與他們無關，用聲音說的傳說故事被遺忘，經驗論的海洋哲學被遺棄，身體書寫的海洋文學是虛構的，接著的是，網路新聞，多元文字引進的知識是混淆的世界。

蘭嶼飛往台東，十九人座的小飛機，只需三十分鐘。我們蘭嶼人已經數不清楚，坐了多少趟的往與返的飛機了。格陵蘭島原來就是我夢裡就想來的，星球上的第一大島，我想說的是，怎麼會突然實現，來這兒的夢想呢？我是在二〇一六年的十月來到努克市，離我當年考上大學一九八〇年七月，實現我第二個夢想，已經是三十六年的光景了。真的不可思議，眼睛在旅行嗎？

一九九四年的八月，我剛回蘭嶼定居不久，也剛學會潛水抓魚，養育我古時代思維的父母親，以及用華語思維的孩子們，我與一位原住民學者，一位原住民作家，以及一位在台灣出生的維吾爾族姑娘、作家，一位滿族學者，我們一行人去了新疆。新疆是我在南陽街補習的時候，腦海浮現想去的地方，因為新疆區域被台灣國民黨的歷史課本稱之北狄，就是漢族眼裡的野蠻人（savage），但在我高中時期的想像，西北區域住著一群剽悍驍勇的不同部族，把漢族打得昏頭轉向的如匈奴人、突厥人、蒙古人，或女真人等等的，這些漂亮的民族卻被漢族史觀稱之「野蠻人」，如同沒有被白人馴化的民族，他們稱之「原始人」，那種不反思的傲慢是一樣。我當時認為，只有漢族才是文明人，從一九五三～一九七〇年，在蘭嶼教書的「小學老師」，跟我們這些「原始人」「野蠻人」在教室裡說的。

我們一行人，從北京坐飛機到烏魯木齊，台灣地理課本稱其迪化市。我一下飛機，看見的是烏魯木齊，而非迪化，前者的地名多好聽啊！問題出在哪？這個時候，我找到了「考試卷」的答案。原來我當時念小學時，太陽下（山）是正確的，寫太陽下（海）的答案是錯誤的，簡言之，白人說的，漢人說的，才是正確答案，才是正統的價值觀嗎？其實，我們都被欺騙了，包括西方基督教會也在欺騙我們。

「烏魯木齊到了。」我們一行人在大陸北京的團長，是位可以說四種語言，哈薩克語、維吾爾語、吉爾吉斯語，以及普通話的哈薩克族詩人、散文家、小說家，艾克拜爾。他說了這句話，聽起來非常舒坦。果真實現了，我說在心裡。過了幾天，我們飛到伊犁市，伊犁州是位於北疆西部，哈薩克族的自治區，接近哈薩克斯坦邊界，這兒就是艾克拜爾家族住的城市，距離北京最遠。那幾天我們見到了在伊犁地區的作家群，有俄羅斯族、吉爾吉斯族、哈薩克族、維吾爾族、匈奴族……等等。我們就坐在葡萄園的樹蔭下閒聊，來接見我們的都是六、七十歲以上算是我們父執輩級的身分，三分之二的作家們不會說「普通話」，就是所謂的北京話，台灣稱之「國語」。對話時，由艾克拜爾翻譯，大川、田雅各，和我，當年才三十來歲。

一九七〇年，我在蘭嶼國校畢業，當時島上官派的鄉長是我部落的族人，不會說國語。畢業典禮的來臨，這個儀式似乎是我們台灣所有原住民族部落裡的「新興儀式」，很是讓部落人好奇。這兒有些故事，不僅僅是趣事，同時從漢語的「馴」字，可以舉出許多例子。

達悟語有句話，「mapa ka Dehdehdeh」意思是說，「明明就不是漢人，假裝當漢人」的意思，恰是原野上的野馬與柵欄裡的馴馬的辯證思維。稱之「畢業」，這個意義是，漢人騎在我們身上，通過柵欄內的馴化試卷就叫畢業，沒有通過者，稱之肄業，或結業。

蘭嶼鄉鄉長致詞的時候，是由我部落的表姊夫翻譯，他是鄉代。鄉長說：「台灣來的長官，你們不是好人，你們搶了我們的土地……。我們的孩子們[1]，非常高興，你們就要離開（畢業）這個學校了，當你們離開之後，男孩子必須努力學習潛水抓魚，學習造船，家裡的前輩才有新鮮魚可以吃，女孩子們，要努力學習種芋頭、地瓜，家裡的男人才有食物可吃，你們才有魚可以吃，然後才可以當爸爸，當媽媽……。」

姊夫的翻譯：

「所有台上的長官，你們都是好人……（拍拍手，我們在大笑，國語，達悟語，我們都聽得懂）。我們的孩子們，非常高興，你們就要離開（畢業）這個學校了，當你們畢業了以後，你們必須去蘭嶼國中念書，你們這些男同學不可以娶台灣的女孩，女同學不可以嫁給那個外省人，我們的人口會混亂，這是我們鄉長的話……。」

我個人聽完了，除了大笑以外，鄉長說的是正確的語意，然而譯者不僅胡言亂語，還加油添醋，譯者說一口流利的達悟話（蘭嶼人的族語），國語卻說得胡言亂語。

我的姪兒達卡安，是真實的海洋大學生，不是基隆的海洋大學。他在學校的試卷分數幾乎都是「零分」，如果有分數的話，應該是非題猜對的，所以延後一年才畢業。我哥哥參加了姪兒的畢業典禮，他跟我說的第一件事是，現今的「鄉長」都說了

1 達悟語「我們的孩子們」，意義是，我們的晚輩。

「國語」；第二件事是，校長頒發畢業證書的時候，達卡安沒有這個證書，頒給他的是「結業證書」。我哥哥問我說，這是什麼意思？

「孩子在學校的課業結束了。」

「結束的意義是，孩子在學校念書，學習漢人的知識，屬於不及格的人，簡單的說，零分與一百分，在達卡安眼裡都是魚的『眼睛』。」我解釋道。

·

當時艾克拜爾幫那位新疆自治區的副主席翻譯，大意是：

「歡迎台灣來的朋友們，新疆是一個非常富饒的地方，人類自有歷史以來，這個區塊帶給世界的豐腴，從來沒有缺席過……」

過後，一位蒙古詩人朗讀了一首詩給我們聽，有一段詩句：

大草原撐開了天宇的遼闊，
那兒就是戰士歌唱的地方，
高貴的詩人吶喊的天空。

不愧是創造人類歷史的大器、霸氣的地方，我深深的感悟到，許多的戰士，許多的詩人奔馳在大草原上，那不是孤獨，而是豪邁，千萬野馬馬蹄敲擊大地的轟隆聲，彷彿一再重複吹響成吉思汗統御中亞大陸的和平號角。

一九六〇、七〇年代，台灣原住民族所有的部落的國民小學的畢業典禮，充斥著當時中國國民黨統治下的，即將被馴化下的「奉承獻媚」的山地口音國語，說得極為流利的族語開始被冷凍，或者在公共場所說族語是一種低等的族類。或許我們可以從另一個視角來說，一九六〇、七〇年代是中國國民黨黨化台灣最深的歷史時間點，外省人至上，其餘的族類是低賤的。我想說的是「小學畢業典禮」在山地鄉充斥著去山地化的，自我摧毀的聲浪，尤其敬畏國民黨黨職人員，彷彿黨職人員就是山地人卑賤位階翻身的符碼。我們從多屆台灣省省主席（凍省之前）蒞臨山地鄉留下的照片，不難看出野馬迅速的轉型成「馴馬」的笑臉，最後是「競賽」，被國民黨、民進黨提名縣議員、省議員、立法委員等等，為人生追求有意義的終極目標。容我再說一遍，一九六九年，我是蘭嶼國校小五的學生，一位外省籍的老師要我們這些小海人敬仰中華民族抵禦南蠻、北戎、東夷、西南夷的漢族英雄，有位男同學很天真問老師：

「不會造船，不會游泳就不是『我們』的民族英雄。」說得非常直白，也換來了老師的鞭打。請問，你們在那個時期，有這個膽識質疑過學校老師，挑戰歷史事實與漢族的謬論嗎？

我們在伊犁的哈薩克自治州，感覺置身於與漢族完全無關的國度，沒有漢族的寺廟，沒有以漢語為首的大學，在街道上鮮少聽到說華語的人類。我們與中亞不同族籍的作家話家常，台灣竟然是他們眼中如外太空的國度，就像我們對中亞民族歷史的無知一樣，台灣向美國看齊。當然，我也感覺得出，他（她）們身為許多民族融合的中亞民族，那股古文明歷史的生存偉業寫在他們臉譜的氣質上，「戰爭殘酷」的勝利與戰敗的歷史遺跡，多少帶點憂傷的傲慢，是台灣民族未經歷過的，很讓我敬佩。

我的問題是，中亞地區我在高中時期所念的地理上，新疆省的首都是迪化市，而非烏魯木齊，漢族歷史史觀幾乎是錯誤的，只允許書寫中原漢族戰勝。而非突厥史、突厥語，說明了不同民族書寫史觀的差異。二〇一八年的此時，部落裡的畢業典禮，許多的族人已經當了校長，高級長官說著一口流利的普通話，失去了說出流利的族語的優雅，高貴的野豬（noble savage pigs）已不復存在了，部落裡也換來一群西方宗教馴化者——「搖椅上的牧師」了。你有罪，要去教會跟上帝，跟耶和華「認罪」。我個人因為有了海洋文學家的身分，遊歷了許多許多大大小小的島嶼，目睹過了許多許多大大小小的，不同民族的部落。許多不同宗教的教義在那些我經過的部落，小鄉鎮，看到的人群的臉譜彷彿不同宗教撕裂了原初人們信奉傳統宗教的幸福指數，沒有人敢對抗西方來的上帝，對抗宗教殖民，然而在地人改宗後卻可以很輕易地歧視自己的原初的多元信仰。對我而言，泛靈信仰才是多樣性的在地知識的源泉，是多元的世界觀，這是我的最愛。

回到蘭嶼，我的祖島過達悟人「海洋式」的生活，我因是策畫策動「驅除惡靈運動」（反核）的首腦，島上的人不談論「驅除惡靈運動」的成功，而我更是避談此事件種種的曲折過程。簡單地說，全球性的民族運動的發起者，民族意識的覺醒者，沒有一位不會被當下的執政者及其擁護者汙衊、陷害，或欺壓的。假如一九七六年七月二十八日，我簽了保送師範大學的契約書，回來蘭嶼國中教書的話，我或許沒有一絲膽識發起反核的運動，也或許蘭嶼的族人就默認了台灣核電廠的廢料貯存在「窮鄉僻壤」，「沒有人居住的島嶼」，或者說，廢料貯存在蘭嶼島是「最安全」的決策，是中華民國政府給蘭嶼人的「最大恩惠」；這些謊言將不會被戳破，蘭嶼人也將默認倒楣的厄運。我個人從一九八八年起義，到二〇一一年十二月扛廢料桶到總統府，二〇一二年的二月二十日，在蘭嶼島上再次的發動「驅除惡靈運動」，拒絕邀功，本人性格也唾棄借街頭運動來沽名釣譽，我更想說的是：我從十歲起就不相信政客們說的每句話，從里長到總統，當我十歲起懷疑自己都不符合學校老師們當「好學生」的基準，被圈欄拴住的野馬，我當然也就不適合為人師表，我就立下走自己的「海路」，走得非常艱苦，原來有一種職業稱為「作家」，才知道這是我該走的路。當說謊的政客太對不起祖靈，當主流政黨的奴僕更是悲哀。當我在一九九七年出版《冷海情深》的時候，我才頓悟華語文文學只有陸地，而且是對峙的文學，城市文學，搖搖椅的島嶼文學，只有海鮮店，沒有海洋，沒有魚類的情緒文學。此時，我才發現我的島嶼文學是海洋的、是潛水環境文學，魚類說話的文學，造船划船的文學，也是被歧視的文學作品，但不是被殖民的文學，是我獨創的海洋島嶼的翻譯文學。

我回到祖島已經三十二歲了，才理解族人在大海要徒手抓魚捕魚原來就不是一件容易的事。大伯說，這是我們的海洋文學，我們的海洋信仰，我當時很難理解其中的奧祕。而我要建立「有殼」的家庭，更非易事。我開始學習每天潛水抓魚，這當然是華語學校教不來的，同時我也每天從海邊裝沙裝石子（每袋約莫二十公斤，總計至少三千袋），然後自己搬運回部落的家。三年以後，我可以自己獨立潛水抓魚了，可以獨立自己划船捕飛魚，釣鬼頭刀魚，三個孩子們也就不再露天盥洗了（但他們還是喜歡去河流洗澡），颱風天，孩子們可以安心的在屋內睡覺了。原來我沒有去念師範大學，我先去實習當苦力，在建築工地當差，就是為自己蓋房子的先前作業。高中畢業到補習班的三年學習考試，到大學畢業，卻是我的苦力生涯換來的人生的履歷證書。

我承繼了父親三兄弟潛水的體質，也承繼了他們伐木造船的技能與智慧，還有喜歡觀察天候海象的興趣。回想在台東高中三年，學習漢族用來考大學的地理、歷史、三民主義的常識，自己在台灣西部做苦力，在北部的工廠學習認識漢族，在補習班考試的日子，在淡江大學學習法文文學、西方文學，那十六年的時間，是我人生非常彩色的，從曲折體悟獨自離鄉的傷感，在沒有海洋濤聲當鬧鐘的城市，自己學習在沒有海洋想像的異國抑鬱生存，那是意志力的建立，更是我學習包容，學習觀察差異文明之間的相容與相斥，凡事不以己為中心的時段，保持此厚度，也不是容易的事。然而，在我初始成長的小學三年級之前的黃金時段，最讓我難過的，或者說，我這一生最厭惡的一件事，就是中華民國政府的軍人，在九三軍人節，在我們的學校走廊的布置，放大了許多日本人的「南京大屠殺」的照片。看見那些屠殺照片讓我嘔吐，頭昏，也就是說，國民黨政府教育我們這群質樸的海洋民族的小孩跟「漢人」學習仇恨日本人，仇恨共產黨。那時候，被軍政府殖民，還來不及服從，就先灌輸給我們與我們民族無關的，中國人與日本人之間的血腥史，也教育我們仇恨蘇俄，打倒中國共產黨。這就是我不去念師範大學的理由，極度不願意把漢人仇恨日本人、共產黨的史觀，當中國國民黨的奴役教師，教育我海洋民族的下一代，與我們史觀無關的仇視史料。

近年來，許許多多的好朋友，特別是在台灣鄉土文學論戰之後，接觸到的這群朋友，讓我又一番省思、逆思。台灣後來發展成統派獨派的對峙群族。總統直選以後，台灣再研發出藍色、綠色、橘色等的對立，撕裂台灣，他們的政治信仰讓對生活在台灣產生恐懼。我問自己，漢人選擇了自己喜歡的顏色，是挑起對立，也是選擇了憤怒，在顏色的背後，也切斷了彼此包容的心靈容器。近年來，白色恐怖、二二八事件，加害者與受難者，在每一次選舉的當下，都是不可或缺的造勢議題，雙邊的朋友們都告訴我他們悲慘的命運，我聽多了，也聽懂了，我於是遠離了，因為雙邊的好朋友們，教育我學習仇恨，這是人為的。我在海裡的內心非常難過，從小學到大學的華語學校，到出社會當海洋文學家，漢人朋友們還在教我「仇恨」，我真的非常難過，那與我民族史觀無關。然而，我發起的，蘭嶼「驅除惡靈運動」，除了極為少數的好友外（感動），藍色綠色的朋友們，有誰以具體的行動關心我們小島的事物嗎？當然沒有，他們對少數民族的關愛是零星的，因為蘭嶼不是你們的島嶼，更不是同文同宗的民族，我們是被漢族綜合歧視的民族，也被顏色蠱惑，內部分裂，求你們別再教我們仇恨，我沒有顏色對峙的難題，我吸納多色人種，尤其尊敬混血人種，我也沒有主流、非主流的文學派別，我只能說自己是「海流」。說到「仇恨」，我為你們漢族哭泣。但我也必須說聲感恩，華語漢字讓我認識這個世界。

那時，父親終於開口跟我說：

「回祖島吧！我的兒子。」

「急流區的魚類，如同迎風面，吃陽光的林木是極具韌性的。反之……」我父親，以及他的兩個兄弟，他們或許面對著島嶼環境的險惡，但自給自足的生活模式，他們可以完全發揮人類的韌性，因為流動的現代性，無法侵犯他們以海洋為世界中心的價值判斷。反觀我們這群二次戰後十年的世代，學齡期間是在不正常的史觀中在被歧視裡成長，學習承受莫名的羞辱，這是很深層的難過。

父親自始自終皆以民族神話、島嶼環境教育我，而我在台灣的青春歲月也自學了「韌性」，自學不苟且偷生，一種不討人喜，多了一點討人厭的性格，在時而清澈，時而混濁的河口自學，揣摩海洋的情緒來修正自己。後來，當我決定展開航海冒險，那是沒有一點保障給家人的旅程，也沒有一張保險契約，也沒有老朋友給我祝福或支持，就像我當年，一九八〇年考上大學的放榜日，沒有一位達悟同學祝福過我，也如多次的「驅除惡靈運動」，也沒有人跟我說，「你辛苦了」。奇異的是，我也從未期待過這樣的「祝福」。我自認為，自己勞苦自己的筋骨，在不被主流馴化的外圍努力生存，也拒絕「天降大任於斯人也」。

我記憶裡的航海家族的傳說，在我體內，在我心魂基因在流傳著，但這事件的發生，我命格裡似乎是天上仙女很早就為我預備的旅程，好像就是我在人間消失過兩次的「幻覺」那樣，奇異的實現了。

二〇〇五年六月二十一日，我航海筆記簿上寫著：這一天開始，由蘇拉維西島的東北的一個城市美娜多（Kota Manado）往東方航海，我們越過馬魯古海，北馬魯古島，在越過摩羅泰島（Pulau Morotai）南端進入不知名的海峽，到哈瑪黑拉海，我們有六天的白天夜晚，除了天空、天空的眼睛、月亮、太陽之外，四周看不見任何島嶼，那是非常讓活人恐怖的感覺。這期間日本籍的航海家山本良行一直處於緊張的狀態，緊張的理由不是在浩宇空間的「迷向」，而是恐懼遇上海盜，二是撞上被盜伐的漂浮原木群，因我們搭乘的仿古航海船如果突然沉沒，船上沒有及時求救的信號儀器，沒有可在一百海里以內，讓其他船隻搜尋到我們的求救信號，那艘船真是海浪的玩偶。到了第七天的夜晚，看見了Apoy（達悟語、印尼語：火），才知道自己還活著，在Waigeo島上岸，尋求補給。從哈瑪黑拉海以東的島嶼，民族與印尼蘇拉維西島以西的印尼人是完全不同的種族，不同的語言，同時，西方基督宗教教會建築漸多，往東的方向，巴布亞新幾內亞。然而，航海回來以後，多少次的演講，我就有多少次的淡化我航海冒險的經歷，因為沒有人聽懂我在說什麼，也沒有人想聽，想聽也聽不懂。如果我可以這樣說，你也可以大大的否決我的說詞，原來是我自己的問題，我一說到航海冒險的故事，或者是潛水獵魚的生活，我的華語就會詞窮語短。我不知道，這原因是什麼？

學齡之前，我曾被島上的魔鬼抓走，在人間消失過兩天兩夜，這趟航海冒險之旅，原來與我當時的「幻覺」是直接的關係。

這艘船的水手有五位來自印尼蘇拉維西島西岸中部，一個穆斯林的聚落Pambusuang，他們身材不高，約莫一百六十三公分左右，長得像是小黑人，不難看，也不是俊美，信仰穆斯林，都是善良的窮人家，我卻是天外飛來的福星，遊俠。當船隻揚起兩張主副帆，寧靜行駛於馬魯古海、哈瑪黑拉海，三百六十度漆黑的汪洋宇宙，月光星光的微光照明，似是刀刃的船艏切浪頭切出碎碎的千億浪花，我趴著觀賞之，我愛死了這一幕，稍縱即逝，船過有痕跡。船上還有兩位也是印尼籍的記者，一位日本人，還有是我，我們有許多難言的莫名的感受，我們似乎活在大航海的時代，不斷的移動，彷彿在漫無目的下尋覓我們每一個人「失蹤的島嶼」，夜幕下飄浮的雲朵，遮蔽星空的照明，從未告訴人類它將去何方。船帆，似乎就是海洋民族尋找島嶼的海洋風箏，偶發的雨瀑是我們沐浴的淨身聖水，防堵病菌的疫苗，我趴在船艄觀賞浪花，忽然間，它開始慢慢地療癒我的憤怒，我的仇恨，我的抱怨，漸漸思念起我愛的妻兒們，思念已故的眾親人，給我海洋基因的祖父母們。許久許久，濤聲波浪催眠了我，我恍惚地睡著了，進入神遊的夢幻之旅。很遙遠的聲波，從海底浮升的聲納，用達悟語，很結實，很清晰的說：**我（海洋）帶著你去旅行，你是大海的眼睛**。

當我醒來，已是午後的夕陽了，Anhar很微笑的跟我說：

Sense, smiling in the dream, you.

「你在睡夢中，微微笑，老師。」我彷彿是剛出生不久的嬰孩，被天上的仙女逗著微微笑，那是再天真樸質不過了。冒險航海，把自己在荒漠大海上的惶恐轉換為休閒神遊，一切順著海浪的自然。

七位印尼船員，他們都比我小十五歲以上，原來我五歲消失的那兩個太陽、兩個月亮的日子，是這群印尼人的，他們未出世前的靈魂拐騙我肩上的遊魂[2]，跟他們在赤道上下緯度航海冒險。

顯然這條航道在六月之前航海一直到俾斯麥群島、所羅門群島、伐奴阿圖、斐濟、美屬薩摩亞、庫克群島、法屬大溪地，正是人類史上，由馬達加斯加島西向東大遷移的路徑之一（我認為的）。我跟他們在海上相處十分愉快，同時我們的語言竟然有許多單字是相通的，當我們越過了哈瑪黑拉海的時候，在夜間我們船上的廚師跟我說「那是火」，跟我民族的語言是通的，但我興奮的是「火」這個單字，那表示，島嶼是有人居住的，對我，那是再次重生的生存意義，航海冒險才有的深層感觸，在陌生的世界冒險才有的感動。那艘船的第一條「魚（金線梭魚）」，就是我釣上來的。從我海洋民族的視野來論，我是這艘船的精神主人，這群人的福星。我們在極為沉默的夜空下，流動的大海上，微笑就是我們對話的語言，那種感覺好美好美，彷彿人世間刪除了邪惡的政客，刪除了各宗教不善良的馴化者們的偏見，我們的星球就是人間天堂。在我的幻覺，那位不說話的船長，就是山本良行先生，不說話是因為他一上船之後的肚子一直處於「滿潮」，就是便祕，如今我想起了我那幻覺的過程，幾乎就是這個事件的過程完全相似。奇異的恩典是，從小教育我的那些祖父祖母們，我家族的

2 我依據祖父的說詞，達悟人頭頂上三尺是命格的主魂，男性右肩（象徵黑暗），女性左肩（象徵光明）上一尺，是「遊魂」。

父執輩們的，在海上的剽悍善魂，我感受得到他們一直陪著我在陌生的海洋航海，即使航海冒險，可是我的血液基因一直是平靜的，讓我十分平安的在目的地，Jaya Pura（加亞普拉）下船，返回祖島。此時，回想回憶父親在我五歲時，在人間消失再重生時，以蘆葦嫩汁為我做的淨身儀式，讓我生命的底蘊更能體悟到傳統信仰，多樣而深層的生活美學，我覺得這就是我追求的文學創作——攜帶身體進入水世界，浮出水世界就是我的華語文字，於是荒漠大海成為我古典文學的浩瀚圖書館。

航海回來，我重要的夢想幾乎都實現了，還真的是說不上來的奇異旅程，人生真是奇妙。大學畢業回家定居，一九九〇到二〇〇三年再與父母親同住十餘年，這是我人生的最重要的學習時段，是民族的生活課程，恢復到原來的我。原來的我，回到海洋，把它翻譯成華語的海洋文學，原來這就是我一生捨棄筆直的捷徑，在曲折的路徑一直在追尋的，夢寐以求的職業，當「海洋文學家」。這是我自封的，你認不認同，對於我已經不是很重要了。

我告訴自己，我誕生了，在我六十歲的時候，因為選擇海洋的傳說為我的古典文學。我的心曾被切割了三十八年，難過了三十八年，因為殖民我民族的中華民國，漢族的學校的世界地圖，把太平洋切割成一半，那是十歲的時候，在我初學華語的蘭嶼國校的老師辦公室看見的。

Anhar Mandar，我的船員水手。

直到四十八歲那一年，就是二〇〇五年的一月，我父母親、我的大哥仙逝後的第二年，他們的魂魄（還有我的航海家族們）帶我去南太平洋的庫克群島國，尋找我失落的，被漢族學校切割的另外一半的太平洋的地圖，有一個小島跟我出生的小島面積一樣大，她的名字是Rarotonga（拉洛東加島），在Avarua部落的一家小書店找到了完整的，以太平洋為中心的世界地圖，那一天，我終於笑了，笑我自己，為什麼必須親自去尋找她，一張完整的太平洋的容顏呢，這一本書終於告訴我了，因為蘭嶼島以東的地方，太陽破掉的海平線才有海洋民族，才有海洋的故事，我島嶼以西的地方，島嶼很大，是陸地民族，書寫陸地人的故事。原來我們的海洋不一樣，我們的海洋沒有「國界」，我島嶼以西的海洋，是國家圈欄的海域。

我終於把她懸掛在我的家，我的五臟六腑才完整，我愛流浪的魂之蛹，誕生了。我給這本書取名為「Mata nu Wawa」，翻譯成華語就是「大海的眼睛」，我於是說，我繼續在西太平洋的蕞爾小島默默寫作，直到來世。

我稱我的書為「殖民地文學」，因為我以達悟語思索，翻譯成漢字來創作，同時我的精神，我的肉體，我的知識是海洋養育的，所以我的華語文學創作的作品，我更要稱之為「海洋殖民島嶼文學」。我說話的對象是我民族的列祖列宗，以及我的族裔。我也說給我的世界地圖聽。

足跡

大約一九六〇年代，紀守常神父參與蘭嶼飛魚招魚祭。
圖片來源：蘭嶼天主教文化協會

一九八〇年代，大學時期的夏曼・藍波安。

二〇〇五年，在拉洛東加島的小書店，看見了以太平洋為中心的世界地圖。

一九九〇年代，返回祖島，潛水抓魚，養家餬口。

出海釣鬼頭刀魚。

二〇一六年八月，在熱帶雨林與關島原住民在蘭嶼尋找遺忘的神話。

二〇一五年，拜訪格陵蘭，與依奴依特人合影。

格陵蘭的冰川。

相隔四十年，夏曼重返台貿一村。

航海於菲律賓。

印刻文學 578

大海之眼

作　者　夏曼・藍波安
圖片提供　夏曼・藍波安
總編輯　初安民
責任編輯　陳健瑜
美術編輯　黃昶憲　陳淑美
校　對　吳美滿　陳健瑜

發行人　張書銘
出　版　INK 印刻文學生活雜誌出版股份有限公司
新北市中和區建一路 249 號 8 樓
電話：02-22281626
傳真：02-22281598
e-mail：ink.book@msa.hinet.net
網　址　舒讀網 http：//www.inksudu.com.tw

法律顧問　巨鼎博達法律事務所
施竣中律師
總經銷　成陽出版股份有限公司
電　話　03-3589000（代表號）
傳　真　03-3556521
郵政劃撥　19785090　印刻文學生活雜誌出版股份有限公司
印　刷　海王印刷事業股份有限公司

港澳總經銷　泛華發行代理有限公司
地　址　香港新界將軍澳工業邨駿昌街 7 號 2 樓
電　話　852-27982220
傳　真　852-27965471
網　址　www.gccd.com.hk

出版日期　2018 年 10 月　初版
2021 年 10 月 15 日 初版二刷
ISBN　978-986-387-264-1
定　價　330 元

Copyright © 2018 by Syaman . Rapongan
Published by INK Literary Monthly Publishing Co., Ltd.
All Rights Reserved
Printed in Taiwan

本書獲 國藝會 NCAF 創作補助

國家圖書館出版品預行編目資料

大海之眼／夏曼.藍波安著
--初版, --新北市中和區：INK印刻文學,
2018.10　面；　公分.（印刻文學；578）
ISBN 978-986-387-264-1　（平裝）

863.857　　107016994

版權所有・翻印必究
本書如有破損、缺頁或裝訂錯誤，請寄回本社更換

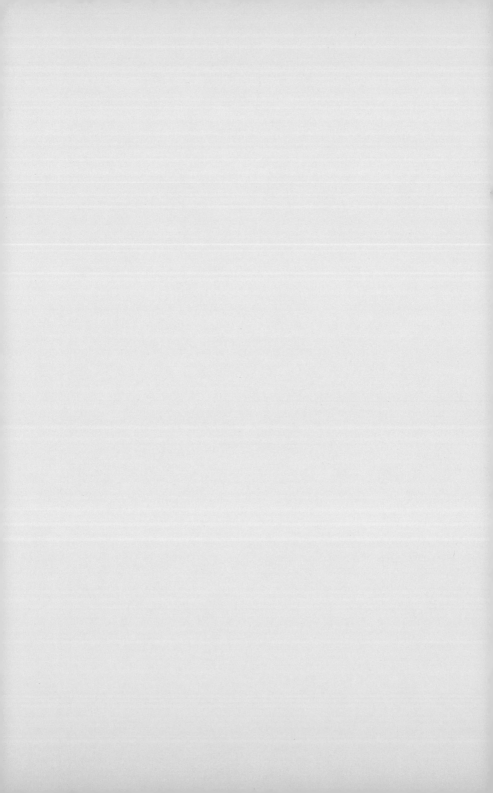